C000217373

COLLECTION FOLIO

Jérôme Garcin

La chute de cheval

Postface inédite de l'auteur

Gallimard

Jérôme Garcin est né à Paris le 4 octobre 1956. Après avoir dirigé les services culturels de *L'Événement du Jeudi* et de *L'Express*, il est depuis 1996 le directeur-adjoint de la rédaction du *Nouvel Observateur*, chargé des pages culturelles. Il est également producteur et animateur de l'émission *Le Masque et la Plume* sur France Inter et chroniqueur littéraire à *La Provence*. *La chute de cheval* a paru en 1998 aux Éditions Gallimard et a reçu le prix Roger-Nimier.

à la mémoire de mon père, Philippe Garcin (1928-1973)

à Jean-Luc Coutable, écuyer, avec reconnaissance

Il faut monter beaucoup, tout en ne laissant pas les livres se couvrir de poussière sur les étagères.

NUNO OLIVEIRA

Si j'avais à choisir ma mort, ce serait plutôt à cheval que dans un lit [...] C'est là où sont mes plus larges entretiens.

MICHEL DE MONTAIGNE

Regain au pays d'Auge

Pendant plusieurs années, tel le lecteur qui dévore des histoires sans jamais goûter la qualité d'un style ni savoir qu'il peut en tirer des voluptés plus grandes encore et des secrets bien gardés, j'ai monté pour le plaisir, sans beaucoup d'efforts ni de risques, *à distance*. C'était un complément de vie, une manière de défoulement dominical. Je ne changeais pas, je m'octroyais des séances de gymnastique à la carte, je m'augmentais à heures fixes. Et puis la curiosité a tourné à l'obsession. Une obsession intraitable, dévoreuse de temps, d'énergie, d'insouciance, de complaisances. Une obsession qui travaille le corps, ronge l'esprit, déchire le calendrier des tâches ordinaires, saccage les prévenances sociales et décourage les plus fidèles amitiés. Mon royaume pour un cheval !

Je ne peux plus, désormais, me passer de sa puissante odeur forestière, de son poil tiède et doux, de sa longue bouche molle qui s'enfonce dans mon cou, de son regard altier mais sans arrogance ni indulgence, de son poitrail musculeux, nodal, qui commande les graciles antérieurs, de cette masse volumineuse dont la faculté à se soumettre, à se donner, est, dans l'ordre animal, l'un des plus bouleversants témoignages de bonne volonté et de perfectionnisme. Quand je ne l'ai pas mis, placé au trot de travail, levé sur les barres ou emmené dans un petit galop cadencé au fond des bois humides, la journée paraît creuse, fade, inodore et incolore — d'ailleurs, sous le bureau, les cuisses distendues réclament leurs quartiers de selle à cirer et les mollets impatients, leurs flancs à comprimer. Chaque nuit, de rêves héroïques en chimères érotiques, invente de folles chevauchées dans des plaines médiévales, d'impeccables reprises de haute école versaillaise, de formidables saillies printanières, des parcours d'obstacles cyclopéens, et des chutes d'acrobates dont, parfois, l'on ne se relève pas. Sans cesse, la vie pédestre, citadine, bavarde, machinale, immobile, climatisée, obligeante, oublieuse, tyrannise mes aspirations à la liberté, au silence et à la solitude. J'ai le sentiment que toute heure passée à écrire sur les chevaux est une heure que je n'ai pas consacrée à les monter, que la page peut attendre, pas le cheval : il est vivant, elle enferme le bonheur passé dans le cimetière des mots.

C'est à ce moment précis que l'équitation cesse d'être un sport de détente, un divertimento, un caprice, un *privilège*. Elle peut alors prétendre à l'art, dont la grammaire est éternelle, mais aussi à la philosophie, qui repose sur des lois naturelles — l'autorité intelligente, la fermeté souple, le ministère de la délicatesse, l'éthique du tact, la conduite, sans domination, des natures libres et égales — dont ceux qui prétendent nous gouverner devraient davantage s'inspirer.

À la ville, je flaire, à une certaine raideur, une vieille pudeur, une timidité contrariée, une fausse arrogance, un regard qui fuit par la fenêtre vers le gris du ciel, le cavalier sous l'interlocuteur cravaté. En voyage, comme je cherchais, autrefois, le monument rare ou le vieux théâtre, je m'enquiers désormais du club équestre le plus proche, fût-il miséreux, quelques boxes, un paddock, une improbable sellerie, où respirer le crottin et entendre cliqueter les mors qui composent une musique concrète, préboulézienne.

Même au loin, mes idées fixes me poursuivent. Je me souviens d'un séjour en Égypte. Avec quelques amis, sous le chaud soleil de février, nous remontons le Nil. La felouque accoste, en fin d'après-midi, sur une rive d'Assouan. Pour rejoindre l'hôtel, nous montons dans deux petites calèches noires conduites par des adolescents et tirées par de petits chevaux bais, malingres, dociles, qui partent dans un trot fatigué. Les jeunes cochers font claquer la chambrière dans l'air sec. Ils veulent de la vitesse. Pour nous impressionner, ils se lancent dans une course folle, crient, trépignent et fouettent, fouettent. Les chevaux ont beau être épuisés, affamés, ils relèvent l'encolure dans un ultime effort, se mettent au galop, leurs sabots déferrés martèlent en cadence le bitume, les calèches rebondissent méchamment sur les nids-de-poule, les vieilles roues flottent dans les moyeux, les essieux couinent, et ce galop infernal n'en finit pas. Je hurle au gamin de ralentir, de ménager sa pitoyable monture aux flancs décharnés, il rit, hausse les épaules, frappe encore plus fort avec la mèche du fouet. Quand, enfin, on arrive, le cheval est hagard. Il a les yeux révulsés, les jambes tremblantes, la tête basse. Comme pour lui demander pardon, je caresse sa maigre encolure et ses hanches creuses où ma main sent l'os. Hilare, le cocher me lance dans un mauvais anglais : « Vous savez, c'est un fainéant ! » Cette nuit-là, dans l'oppressante moiteur, j'ai rêvé que le petit cheval bai arrachait l'herbe tendre du pays d'Auge et que plus jamais il ne tirerait de calèche sur les berges d'Assouan.

En librairie et en bibliothèque, je me promène d'abord dans l'hippothèque, feuillette avec émotion les méthodes d'écuyers de la glorieuse Académie de Naples, des Écuries du Roi, les manuels d'officiers, les cahiers de vétérinaires et tous ces traités illustrés de gravures savantes dont la prose est, avec les aphorismes du XVIIIe siècle, la meilleure leçon de style. Le dernier de ces maîtres, disparu en 1989, fut Nuno Oliveira. Il n'avait pas le profil étique et métallique à quoi, d'ordinaire, l'on reconnaît les écuyers de Saumur. Les photos de son âge mûr montrent plutôt un homme fort, au cou taurin, aux épaules de portefaix et dont la tête de pénitent s'inclinait comme à l'instant de la prière. Il pesait, de toute sa masse immobile, sur des chevaux gracieux chez lesquels il semblait avoir réveillé le désir de légèreté, le plaisir de bondir, le bonheur de s'arrondir, le devoir de politesse. Une statue de marbre glissant sur l'eau d'un lac.

Toute sa vie, dans le décor simple et sobre de son manège d'Odivelas, il se leva à cinq heures du matin, travailla ses chevaux ibériques au son du *Concerto de l'Empereur* et enseigna son art jusqu'à la nuit tombée. À ses élèves, il répétait : « Il y a deux choses en équitation : la technique et l'âme. » Mais aussi : « Cherchez la pureté des trois allures. Le reste viendra avec facilité. » Élève de Joachim Miranda, ancien écuyer de la maison royale portugaise, il était intraitable sur les principes, vénérait La Guérinière, savait faire la synthèse de l'École de Versailles et du bauchérisme, se méfiait des élégants et des importants qui venaient le solliciter : « Je rencontre souvent des messieurs bien habillés, ayant une belle cravate et de belles manières. Mettez-les à cheval et les voilà qui tapent et qui piquent. Je ne comprends pas cette métamorphose. N'auraient-ils à pied que des apparences d'hommes civilisés. » Car il raillait l'humanité « à pied », quand elle se hausse du col et méprise les faibles. Pour se faire mieux comprendre, cet homme qui aimait les livres autant que les chevaux rédigea, dans une langue très simple, des protocoles où il est question de patience, de sensibilité, de finesse, de confiance, d'humilité, d'abnégation, de rectitude, de loyauté. Si ce n'étaient des manuels d'équitation, on pourrait aussi bien les lire comme des vade-mecum pour un usage quotidien, de belles versions latines, à mi-chemin des *Lettres à Lucilius*, de Sénèque, et des *Géorgiques*, de Virgile.

J'ai aussi la nostalgie des temps anciens où le roman d'éducation commençait par être un roman d'équitation. On n'imaginait pas alors de poésie sans vers ni de romans sans chevaux. Ils étaient d'indispensables acteurs de complément, des figurants exemplaires, de redoutables complices, des frères d'armes et de cœur, ils accompagnaient les héros dans toutes leurs aventures comme, désormais, l'automobile entraîne les personnages modernes vers leur destin mécanique. Pied à l'étrier, on galopait à ciel ouvert. Pied au plancher, on roule maintenant à huis clos. Et ça sent le renfermé.

Car le bel animal a perdu sa fonction littéraire avec son emploi légendaire, qu'il fût civil ou militaire. Tel un roi en exil, un prince encagé, la tête tournée vers les grands espaces qu'il ne traverse plus que bridé et sanglé, le naseau humant l'air vif d'une liberté interdite, toujours prompt à s'emballer, à s'oublier, il survit, mélancolique et digne, dans le manège où Vachaud d'Arcole, l'écuyer de François Nourissier, donne des leçons anachroniques de tape-cul, de maintien et de morale, dans le haras normand de Sous-le-Vent où l'étalonnier de Marc Trillard prépare à la fois les entiers à la saillie et une fille d'écurie à un amour impossible, sur les champs de courses où les jockeys selon Homéric prennent tous les risques pour des enjeux qui remontent à la plus haute antiquité.

Quand je crois avoir fini de flâner dans les bibliothèques, j'entre, aux heures où les salles se vident, dans les musées pour admirer les harnachements, les lourds caparaçons, les montants de filet en métal des chevaux de cour et de bataille que Pisanello a dessinés, le trait pie au galop qu'a peint Toulouse-Lautrec au cirque Fernando, la belle Lisa, jument de l'empereur sellée pour la promenade et par Alfred de Dreux, le *Bonaparte au mont Saint-Bernard* de David, les vingt-quatre croupes de Géricault, les chevaux de course de Degas, mais aussi, parmi les terres cuites et les céramiques aux teintes abricot de la Chine des Han et des Tang, cette étonnante joueuse de polo — *jiqiu* — penchée sur un coursier en lévitation et tous ces petits chevaux vifs qui illustrent les cinq races que l'imaginaire chinois a inventées : les *tianma* (chevaux célestes), les *feima* (chevaux volants), les *longma* (chevaux dragons), les *shenma* (chevaux divins), les *hanxuema* (chevaux à la sueur de sang). En Occident, on donne des noms, des titres de gloire, des papiers officiels, des parentèles illustres aux chevaux, mais on n'a jamais su leur offrir du rêve. Ils appartiennent à notre monde, obéissent aux lois de la hiérarchie sociale (au plus bas : la carne de club; au plus haut : le pur à prix d'or). Les Chinois, eux, ne les mêlent pas à nos soucis séculiers, à nos prétentions ordinaires, ils les vénèrent comme des êtres mythologiques, des cousins terrestres du dragon qui ont bien voulu nous prêter leurs vertus et galoper dans nos vies fugaces.

Au cinéma, je guette la position du comédien — assiette, jambes et mains qui ne trompent pas — et m'amuse à distinguer, dès le premier galop, le portugais formé par Mario Luraschi du selle français prêté par les Haras nationaux. Et, dans mon métier de journaliste, je n'ai jamais manqué une occasion de sacrifier à cette passion : c'est ainsi que j'ai rencontré des écuyers et des ostéopathes, testé à Saumur le simulateur équestre Persival, longtemps rêvé avec Michel Henriquet à l'âge d'or de Versailles — quand les sabots des andalous faisaient chanter le pavé de la place d'Armes et que la musique de Lully rythmait les carrousels du prince de Lorraine dans le manège de la Grande Écurie —, rôdé le plus souvent possible, à Aubervilliers, dans le paradis interlope du nyctalope Bartabas, et que j'ai accompagné, à cheval, la police montée de La Courneuve.

C'est un joli souvenir. Je savais que la dernière brigade de ce type avait disparu en 1936. Elle avait été créée, à son retour de Londres où il avait admiré l'ordre britannique, par le vice-président du Conseil, M. Armand Masard. En vareuse et culotte bleu foncé, baudrier et houseaux en cuir noir, coiffée de la bourguignotte, perchée sur des alezans achetés aux régiments de cuirassiers, elle tentait de régler la circulation (auto et hippomobile) aux grands carrefours de la capitale — ceux de la Concorde, de l'Opéra, de l'Hôtel de Ville, du Châtelet, de Rivoli-Sébastopol et de Hausmann-Scribe. Mais, fatigués de faire, cinq heures par jour, du surplace dans les embouteillages, les douze gardiens de la paix, tous anciens cavaliers de l'Armée, descendirent de leurs montures alezanes qui répondaient aux sobriquets de Rosette III, Renoncule, Parfumé, Pyramide, Quinquagésime, Pacha, puis la brigade fut dissoute. C'était il y a soixante ans. Quand j'appris qu'un jeune commissaire, féru d'équitation, voulait réhabiliter le maintien de l'ordre par la cavalerie — on domine le terrain, on passe partout, l'approche est silencieuse, les règles écologiques sont respectées, et on jouit en outre de la sympathie des usagers —, je chaussai mes bottes et partis pour La Courneuve.

Couvrant quatre cents hectares, accueillant deux millions et demi de visiteurs annuels — dont trente mille par jour, en haute saison, et je ne compte pas les renards, les hiboux moyens ducs, les butors étoilés, et les cygnes sauvages —, le Parc est une immense enclave de pelouses, d'arbres, et de lacs artificiels, en territoire défavorisé : la banlieue Nord de Paris. Encerclé par les barres de Stains, Saint-Denis, Dugny et La Courneuve, le troisième espace vert de la région (après les bois de Boulogne et de Vincennes) représente un défi permanent à l'îlotage : à pied, les patrouilles sont inefficaces, à Mobylette, elles sont polluantes. Me voici donc, un après-midi du mois de mars, accompagnant un brigadier dans le Parc de La Courneuve pour une patrouille de routine. Nos chevaux, des selles français venus des Haras nationaux, sont bais, hauts, puissants, vifs, mais pas nerveux. Travaillés chaque matin en dressage, à l'obstacle, voire sur un parcours de cross, ils ont déjà libéré toute leur énergie. On se promène le long des allées où fleurissent les dahlias et courent les lapins. Chaque fois que nous croisons des promeneurs, enfants ou adultes, ils s'approchent, demandent à caresser le chanfrein, l'encolure, ou l'épaule, tendent une main hésitante, puis affectueuse. Selon un protocole immuable, et grâce à la médiation naturelle de l'animal, ils parlent au cheval, le tutoient, puis lèvent la tête vers le cavalier, qui répond, en plongée, aux questions rituelles sur la nourriture, l'âge et la robe de sa monture. Au sol, on est l'ennemi ; à trois mètres cinquante, on surprend. En fin de journée m'est revenue la singulière promesse de paix civique formulée par Paul Morand : « L'assiette du cavalier, faite de fixité et de liant, est l'image même de l'idéal politique, c'est-à-dire une domination d'autrui qui commence par la maîtrise de soi. »

Ces détours par les bibliothèques et les musées, ces récréations journalistiques, ces prétextes sont, pour moi, une manière d'attendre, comme une rançon, qu'il fasse soleil, qu'il bruine ou qu'il grêle, le retour hebdomadaire au pays d'Auge. Celui-là même où, un an avant sa mort et par la grâce d'une panne de voiture aux portes de Villers,

Emmanuel Berl rencontra une bande d'adolescents surgis des blés, les écouta parler dans la ferme où ils l'avaient accueilli, fut saisi par « un moment de bonheur et d'espoir » et eut l'ultime révélation d'un « regain innocent ». Entre Honfleur au nord et Orbec au sud, Cabourg à l'ouest et Cormeilles à l'est, c'est la vraie patrie du cheval. Des vallées baignées par la Dives, la Risle, la Touques et ses affluents, dont les délicieuses Paquine, Calonne et Prébende, font danser une terre bocagère de vieux plateaux constitués d'argile à silex, de craie, de chaux, et piqués, au fil de l'histoire, de calvaires, d'arbres fruitiers, de manoirs roses, de colombiers en brique et pierre blanche, de pressoirs et de tombes de G.I.

Il est impossible, en se promenant le long des *cours* bordées par des haies de noisetiers, de ne pas rencontrer, l'encolure toujours tendue en arc de ciel vers le pâturin, de prospères poulinières suitées. Anciens bidets normands devenus selles français, de futurs champions pirouettent, cabriolent et se roulent au milieu d'herbages gras. Des yearlings qu'on n'a pas ferrés jouent à se botter. Des cracks à la retraite blanchissent à l'ombre des pommiers en fleur. Dans les prés rayés d'innombrables douets au bord desquels poussent la salicaire, le souci d'eau et la menthe sauvage, des cobs normands chassent, d'une queue métronomique, la mouche et le taon. Ignorant qu'ils sont promis à la boucherie, des percherons débonnaires aux rondeurs magistrales se grattent lourdement contre les troncs des poiriers. Les shetlands cohabitent avec des moutons et les connemaras, avec des chèvres. Il ne faut pas oublier les ânes gris tourterelle : ils braient à fendre l'âme et inquiètent, dans les champs voisins, les élégants trotteurs qui, en comparaison, ont toujours l'air d'être en villégiature. Le pays d'Auge est un grand parc verdoyant, tacheté de vaches pies et de chevaux bais, dont l'homme est le savant ordonnateur, l'immuable chambellan.

Sur les chemins buissonniers et jusque sur les départementales, l'on croise des cavaliers en promenade, des sauteurs à la détente, des tilburys, des petits ducs, des carricks, des sulkys et, aux beaux jours, les vans qui amènent aux poulinières de la région, pour le rituel de la saillie, les quatre-vingts étalons du Pin. Les forêts sont traversées de sentiers réservés aux randonnées équestres et truffées d'obstacles de cross : fossés étroits, talus, gués, pianos d'herbe tendre, haies d'arbrisseaux, spas et oxers en bois de sapin. Et l'on ne compte pas, accrochés aux collines, lovés au creux des vallons, posés dans les prairies où l'on roule la paille et le foin pour l'hiver, les haras, ces havres de paix. La plupart sont modestes : une fermette à colombages entourée de lices blanches, une maison en brique prolongée par des boxes sur les portes desquels sont cloués les plaques ovales et autres trophées de concours. Le plus célèbre est le Haras du Pin, Versailles de l'entier conçu par Mansart dans un parc dessiné par Le Nôtre autour de la cour Colbert :

sur son pavé rond piaffent des selles français et des pur-sang anglais.

Plus au nord, à Deauville, le champ de courses de la Touques entoure le terrain de polo — l'été, pour un spectacle social propice à toutes les caricatures, les turfistes en shorts hurlent dans la tribune tandis que, entre deux périodes, des élégantes coiffées de chapeaux larges comme des ombrelles et habillées de couleur crème feignent de reboucher en silence, d'un talon négligent, les trous du gazon où s'affrontent, pour la Lancel Polo Cup, les équipes argentines formées par des milliardaires occidentaux. À trente kilomètres de là, entre Pont-L'Évêque et Lisieux, sur une colline verdoyante plantée de résineux et oubliée des modes de la côte, un grand écuyer au physique cardinalice, aux manières de gentleman et à l'autorité seigneuriale, Jean-Luc Coutable, ancien membre de l'équipe de France de concours complet et champion international, forme de futurs moniteurs d'équitation et perpétue un enseignement de haute lignée sous l'œil averti de M. Coutable père qui, en bordure de forêt, anime un club d'attelage, où l'on a des gestes séculaires. C'est le Brévedent, petite principauté créée il y a trente ans dans ce décor helvétique où tout est voué à la science, au bonheur et aux prouesses équestres.

Entre les fastes de Deauville et les rigueurs du Brévedent, le vieux pays d'Auge déroule sur son tapis vert billard toute la gamme des métiers du cheval, variations d'une même passion : éleveurs, vétérinaires, ostéopathes, maréchaux-ferrants, étalonniers, maquignons, palefreniers, lads, équarrisseurs, selliers, jockeys, cavaliers de complet, de dressage, de saut, auxquels il convient d'ajouter des bouchers chevalins reconvertis dans la reproduction, quelques officiers de Saumur ou du Pin à la retraite dans le bocage, des champions cassés en convalescence sous des toits de chaume, des peintres animaliers, des vies secrètes dans le silence d'un haras, des destinées arrêtées devant le spectacle quotidien de pur-sang en liberté, tout un petit peuple de l'ombre soumis aux lois des saisons qui habite, en Normandie, un pays magnifique fondé sur le persistant regret de la civilisation équestre.

J'ai vu ainsi un ancien dragon de l'armée d'Armistice cantonnée à Castres errer, un jour de printemps, dans l'écurie du Brévedent pour renifler l'odeur de sa jeunesse. L'inconnu s'était endimanché pour l'occasion, il avait revêtu une veste de vieux tweed, une cravate en soie et des mocassins trop vernis. Ce plutôt bel homme aux cheveux blancs boitillait de box en box ; il avait les jambes arquées de ceux qui ont longtemps monté ou beaucoup vieilli. Il lui restait, dans la démarche, la raideur des vantards humiliés. Pendant que je sellais mon cheval, il n'arrêtait pas de parler. Il était partagé entre deux sentiments que le temps avait développés puis rongés jusqu'à l'os, la nostalgie de ses exploits militaires — « On était les rois, monsieur ! » — et une colère rance parce qu'on lui avait refusé le statut d'ancien combattant, son régiment ayant servi Pétain. Quand je quittai l'écurie, le vieil homme continuait de soliloquer. Il ne s'approchait pas des chevaux, il les regardait longuement, à distance, surtout les bais et les alezans, ces robes réglementaires, comme s'il cherchait dans leurs grands yeux l'ombre du garçon fringant qu'il avait été cinquante ans plus tôt ; comme si ces animaux, qui ressemblent tant à ceux qu'il a montés, avaient survécu au désastre dont sa jeunesse n'avait point réchappé. De la carrière où je sautais, je l'aperçus qui longeait, une heure plus tard, les lices du paddock, s'éloignait et rapetissait dans le soleil couchant. J'ai souvent remarqué, quand viennent les beaux jours, que les écuries des centres équestres attirent des vieillards cambrés, bavards, à l'âme en peine et à la mémoire claudiquante.

C'est un royaume clos, farouche, suspicieux et fervent, que celui dont les princes sont des chevaux. Il ne se donne pas volontiers et oppose aux impétrants une abrasivité de papier-émeri, une résistance de trait poitevin, un mutisme d'anachorète. Il y a de la clôture derrière les lices, du sacré dans la reprise du manège. L'homme de cheval, qui tient à la fois de l'aristocrate désargenté et du paysan averti, ne parle guère, ne se livre pas, ne fait jamais de gestes brusques et il a des prudences d'exilé. S'il s'exprime, c'est par litotes et prétéritions. Ce n'est pas un bavard, c'est un *regardeur*. Il a été tellement habitué à comprendre ces grands silencieux que sont les équidés, à soupçonner leurs joies et leurs souffrances inexprimées, à vivre avec eux par intuition, à être senti par eux, qu'il a fini par entretenir avec l'humanité des rapports de la même nature. Il ne vous voit pas, il vous jauge et même vous tâte de l'œil — un inconnu à cheval est lisible comme au scanner. Il discerne aussitôt l'infatué, le ramenard, l'indolent, le mondain et connaît par cœur ces complexés aux grosses cuisses, ces introvertis maladroits, ces désenchantés, ces orphelins qu'attire, entre chien et loup, l'équitation, sport triomphant des timides, épopée cathartique, théâtre itinérant de figures blessées.

J'aime les gens de chevaux parce qu'ils ne parlent jamais pour ne rien dire, parce qu'ils n'ont de manières et de fierté qu'en selle, parce que aucune vanité temporelle ne les détourne de leur travail, parce qu'ils détestent *l'épate*, parce qu'ils ne pactisent pas avec ce que l'époque produit de plus méprisable, parce que nul ne saurait les duper, surtout avec de grands mots et de belles phrases, parce qu'ils sont durs au-dehors et tendres à l'intérieur, parce que beaucoup de leurs rêves sont irréalisables, parce qu'ils ne cherchent guère à séduire, trop occupés qu'ils sont à se supporter et parce qu'ils demeurent, avec les religieux et les poètes, les derniers *inatteignables*. J'aime leur âpreté, leur dignité, leur mauvais caractère, leur exigence, leur solitude, leur esprit de chevalerie qui, malgré tout ce qui le menaçait, a résisté à l'usure des siècles.

J'aime enfin que les gens de chevaux n'aient pas l'ambition de laisser une trace de leur art auquel, pourtant, ils ont voué toute leur vie et sacrifié le meilleur d'eux-mêmes ; qu'ils soient les seuls à pouvoir apprécier leur propre talent et juger l'œuvre vivante qu'ils ont créée et dont ils savent bien, sans en souffrir, qu'elle disparaîtra avec eux, avec leurs chevaux, avec les rares fidèles qui, longtemps cachés dans la pénombre d'une tribune de manège ou sous le feuillage tiède d'un arbre de carrière, ont su les regarder et leur offrir, quand le soir glacial tombait sur leurs exploits invisibles, l'admiration qu'ils ne réclamaient pas mais qui les a réchauffés.

Les trompettes de Géricault

En somme, il fut peintre *par défaut.* C'est qu'il plaçait l'art équestre au-dessus du sien et enrageait de ne pouvoir élever le second, étayé par la technique et promis à l'éternité, à la hauteur du premier, porté par la grâce mais condamné au temporel. Il donna ainsi à Franconi, l'écuyer hiératique du Cirque olympique, des témoignages d'admiration et des gages d'obéissance qu'il refusa à tous ses contemporains, fors peut-être David et le baron Gros.

Il n'aimait pas le cheval pour son esthétique, son élégance naturelle, sa désinvolture cristalline, cette finesse néo-classique qu'à l'époque prisaient tant les animaliers anglais, sa faculté de se plier aux plus subtils désirs du cavalier, mais au contraire pour sa force, sa fougue, ses fugues, ses emballements, ses courbettes et ses levades paniqués ; bref, sa mythologie furieuse. Le garçon était d'ailleurs râblé et donnait volontiers dans le pancrace : à vingt et un ans, il s'était vu interdire par Vivant Denon, et « pour toujours », l'entrée du Louvre au prétexte qu'il avait tabassé un étudiant et menacé les gardiens.

Par goût du risque, pour le plaisir d'être « emporté » — Delacroix l'atteste —, il choisissait exclusivement des entiers au sang chaud, aux réactions imprévisibles, qu'il montait « par surprise ». Ce bel homme qui ne se plaisait point, ce jeune exalté qui méprisait les grands sentiments, ce séducteur qui fuyait les débordements affectifs et détestait parler de lui, ce parfait cavalier, donc, voulait se mettre en danger et se surpasser. Le cheval fut son allié dans l'ordalie et la fuite, une fuite sauvage, inhumaine, crâne, jusqu'à sa mort, à trente-trois ans, après des chutes répétées. Mourir d'aimer. « L'homme vraiment appelé, écrivait-il, ne redoute point les obstacles, parce qu'il sent pouvoir les surmonter ; ils sont même pour lui un véhicule de plus ; la fièvre qu'ils peuvent exciter dans son âme n'est point perdue ; elle devient souvent même la cause des plus étonnantes productions. »

Il avait découvert dans un poème de Byron la légende de ce noble polonais que son roi, pour le punir d'une incartade amoureuse, avait attaché, nu, au dos d'un cheval ukrainien lancé au grand galop à travers la campagne. C'était Mazeppa. Peut-être, avec ce tableau testamentaire sur lequel tombe une nuit sans lune, peut-on voir le seul autoportrait de Géricault. En supplicié.

À dix-sept ans, il acheta en Normandie son premier cheval, tenta en vain de le ramener à Paris où, poursuivant sa chimère, il peignit *Deux chevaux en liberté dans la campagne* et, un peu plus tard, cette magnifique *Tête de cheval blanc, figure* emblématique, impénétrable, de tout son œuvre, métaphore du secret que l'animal ne livre qu'aux seuls initiés.

Très tôt, il avait lu *Le parfait cavalier* comme Stendhal, le Code civil : moins pour les préceptes moraux que pour la leçon de style. Afin de muscler et d'arquer ses cuisses, il avait usé des piles de livres et des arçons en bois puis inventé une « machine de fer » qu'il plaçait entre ses jambes, même la nuit, et qui le martyrisait, et qui le galvanisait. Comme les enfants suivaient le tambour des villages, lui courait derrière les chevaux, s'épuisait en vain à rattraper ses idoles, puis s'écroulait au milieu de la poussière, hébété. Dans le Paris du Consulat, il guettait les attelages aux portes des hôtels particuliers, flattait de l'œil les pieds lourds et poilus des frisons, les encolures régaliennes des mecklembourgeois. Il passait plus de temps dans les boxes paillés et chez les maréchaux-ferrants que dans les ateliers et les salons. « J'abdique le cothurne et la Sainte Écriture, s'exclama-t-il un jour, pour me renfermer dans l'écurie. » D'ailleurs, il sentait le cuir mouillé et le foin tiède.

Il avait appris son métier chez Carle Vernet qui régnait, en France, sur la peinture hippique mais, contrariant aussitôt le raffinement anglophile de son professeur qui penchait plus pour le modèle lévrier que pour le genre percheron, il était allé chercher en 1813, dans les casernes de Courbevoie et les stalles impériales de Versailles, les modèles rustiques de sa passion : vingt-quatre croupes (et un seul poitrail) disposées sur trois rangées superposées, étonnante variation musicale sur le thème de la queue (longue, courte ou nattée), catalogue raisonné des robes, inventaire des postérieurs — insolente beauté de ces culs anonymes, impassibles, silencieux. Car Géricault aimait les grosses fesses.

« Les chevaux, disait-il, me tournaient la tête. Mon esprit faisait rage dans des cavalcades imaginaires, tandis que j'avais sous les yeux grammaire ou prosodie ; et cependant, je crois que je me serais enthousiasmé autant que les meilleurs élèves pour le latin et le grec, si l'on m'avait seulement fait pressentir et entrevoir en perspective, comme récompense de mes efforts, les belles descriptions de coursiers dont les poètes anciens abondent. » Parce que les chevaux lui tournaient la tête, il les voyait emballés, il les peignait fous. L'un est ivre d'angoisse dans la fournaise d'une guerre napoléonienne (*Chasseur de la garde*, 1812). L'autre a les yeux révulsés, les naseaux dilatés et il tire désespérément sur son mors (*Cuirassier blessé*, 1814). D'autres encore, les fameux *barberi*, dans la queue desquels on a attaché des pétards et sur les flancs desquels on a accroché des boules hérissées de pointes, piaffent avant la meurtrière *Course des chevaux libres* (1817) sur le pavé du Corso où, entre carême et pénitence, le peuple romain connaît l'orgasme collectif. Sans compter les nombreux dessins, pierres noires et lavis où l'animal révulsé, déséquilibré, hellénistique, la bouche tordue par des mains de fer et le sabot combatif, est engagé par son cavalier dans des charges contre des artilleurs, des chasses au cerf et quelques boucheries. Géricault n'était pas allé chercher en Italie, patrie de l'équitation classique et de la haute école, des modèles de virtuosité, il y avait guetté au contraire la confirmation de ses hantises, de ses fantasmes érotiques et de sa passion morbide pour des chevaux gigantesques, magnifiques, tératologiques. Il n'est pas rare qu'une croupe soit démesurée, une encolure gonflée et l'ensemble, disconvenant. C'est que l'artiste force *le trait* et, le nez dans l'entrecuisse, creuse son sillon.

On s'est étonné qu'un aussi bon cavalier, qui poussa le goût du clinquant, du pétaradant et de la provocation monarchiste jusqu'à être, un temps, mousquetaire gris de la Maison du Roi, eût représenté les chevaux avec des erreurs anatomiques flagrantes et des disproportions que condamnaient alors le bourgeois, le réalisme, et les académies. C'est qu'il n'avait pas le souci d'être exact mais l'ambition d'être vrai ; ou plutôt d'être fidèle à la terreur amoureuse que l'animal lui inspirait et dont il enviait, dès lors qu'il se sent menacé, la fureur libératrice.

Lui a-t-on assez reproché, avec *Le Derby d'Epsom* (1821), d'avoir peint, montés par quatre jockeys assis, ventre à terre, des coursiers au galop virtuel puisque leurs jambes sont écartées (antérieurs et postérieurs en extension) au lieu d'être rassemblées par la vertu de l'allure à trois temps (ou quatre, pour le galop d'école). Certes, la chronophotographie n'existait pas encore, qui a permis de décomposer le mouvement du cheval et de contredire, plan après plan, le regard de l'artiste.

Et pourtant, dans ce tableau, exposé au Louvre, où tout est faux, le miracle se produit : ces quatre chevaux qu'on dirait en lévitation donnent, là même où la photo les eût pétrifiés, le sentiment palpitant de la vitesse ; leur galop est aérien, leur course, excitée et allégée ; plutôt que leur rivalité sportive, Géricault a peint leur communion surnaturelle ; ils semblent inatteignables et, sans s'épuiser, n'en finissent pas de traverser la toile de droite à gauche (avec la même logique géométrique qui fait suivre à *L'officier de chasseurs* une impeccable et ascendante diagonale). Si, dans son propre corps, le cavalier Théodore ne pouvait ignorer que le galop figurât une parfaite architecture verticale, l'artiste Géricault admirait au contraire, afin de la reproduire, cette dynamique horizontale qui frappe tant le néophyte et décoiffe les spectateurs en bordure des champs de courses. Allez comprendre pourquoi le miracle se produit au sommet de l'angle droit.

Invoquant Rodin pour condamner Nadar — l'art de la durée contre l'artifice du temps arrêté —, Merleau-Ponty, dans *L'œil et l'esprit*, a tiré du *Derby d'Epsom* cette conclusion très juste : « La peinture ne cherche pas le dehors du mouvement, mais ses chiffres secrets. » Pour dessiner le cheval gris, pommelé, fringant et cabré de *L'officier de chasseurs*, Géricault faisait venir chaque matin, dans son atelier, un brave et pesant cheval de fiacre tenu par son cocher. « Parfois, confiait-il à son ami Montfort, la bête m'arrivait ruisselante d'eau ou couverte de boue. Elle n'avait rien de l'action qu'il me fallait, mais je la regardais et cela me remettait du cheval dans la tête. » Tout est dit. Pour l'artiste de vingt ans, à l'époque du modèle roi et de la copie conforme, le parangon n'est pas une preuve, c'est une hypothèse.

Au même moment paradait M. Dedreux. L'homme s'était octroyé une particule qu'il avait jugé élégant d'augmenter d'une capitale. Alfred De Dreux, donc, vivait en grand dandy et peignait comme un petit maître. Il avait du talent, de l'entregent, mais il n'avait pas de génie. Il en croisa un, rue des Martyrs. C'était Théodore Géricault, qu'il admirait et visita dans son atelier, un an avant sa mort. Tous deux aimaient les chevaux, et tout les séparait. Géricault voulait de la chair brûlante, de la sueur, de la bataille et du mythe. De Dreux succombait au contraire à la mode, que détestait son maître, des pur-sang anglais, des étalons arabes, du pas espagnol, des robes brillantes de propreté, des jambes de cristal, des nattes de demoiselles et des têtes de madone. Pour Théodore Géricault, le cheval menait droit à l'enfer; pour Alfred De Dreux, il ajoutait au plaisir de vivre.

Dans l'œuvre de l'insoucieux gandin, on trouve des portraits d'aristocrates en selle, des chasses à courre, des équipages en grande tenue, des amazones en robe de soie, des petits ducs attelés, de vrais ducs sur des étriers, Napoléon III à la parade, la *gentry* au complet — Paris et Londres, perspectives cavalières. Les chevaux sont à l'arrêt ou au pas dans des paysages aussi raffinés que les trompe-l'œil du théâtre de Marivaux : De Dreux les a figés à la manière des statuaires, des taxidermistes. Ils sont luisants, légers, bien mis, parfaitement arrondis à l'encolure, souples dans l'épaule et la hanche, harnachés d'or et de pourpre, on ne peut plus *fashionables*. Ils tiennent leur rang. Ils sont *secs*, jolis, inemployés.

Contrairement aux chevaux de Géricault, ceux de De Dreux sont irréprochables : l'on ne trouve dans ses tableaux aucune erreur anatomique, aucun contresens équestre, aucune proportion imaginaire, aucune position invraisemblable, aucune faute de goût. Et pourtant, on dirait des animaux empaillés, des lémures, des figures de style. En les représentant tels qu'ils sont, Alfred De Dreux leur a été infidèle. Il préfigure le mensonge photographique. En les peignant tels qu'il les voyait, les sentait, les rêvait, en les réinventant, en les transfigurant, Théodore Géricault les a rendus immortels. Le grand art a horreur de la vérité.

À la fin de sa courte vie, Géricault cesse de peindre des chevaux mythiques, des étalons exaspérés par la poudre, la foudre et la foule, des courses frénétiques sous les ciels d'orage. Les toiles sont soudain silencieuses et dépeuplées ; la lumière est rare ; les cavaliers, les cochers, les palefreniers ont disparu ; alourdis par le poids d'un charroi ou d'un haquet sans emploi, de pondéreux chevaux de trait attendent, immobiles sous des porches déserts, dans des décors religieux, les ordres qui ne viennent pas, qui ne viendront plus. Les rêves ont passé, l'angoisse monte, la bête de somme a remplacé le pur-sang glorieux. Jaillissant d'une rivière d'encre noire, Mazeppa ligoté et moribond a désormais raison du fringant Alexandre Dieudonné, officier de la garde impériale passé, par la grâce de l'artiste, à la postérité.

Trois accidents successifs vont condamner Géricault. Au printemps de 1822, allant visiter une fabrique de pierres artificielles à Montmartre, il tombe de son cheval qui a fait un écart devant une barrière fermée. Il est blessé à l'épine dorsale. Dumas, qui est romancier, appelle sa maladie « la carie des vertèbres ». Un abcès se forme. Géricault continue, bravant la torture, à monter à cheval. Et puis, au cours d'une excursion en forêt de Fontainebleau, son cabriolet se renverse : altier, opiniâtre, il finit la route en selle mais, gêné par son abcès, veut lui-même l'inciser. Enfin, galopant au Champ-de-Mars, il percute un autre cavalier et il est ramassé, l'abcès désormais ouvert et purulent. L'homme qu'on transporte dans sa chambre de la Nouvelle Athènes n'est plus que l'ombre portée de lui-même. Au mur sont accrochés des études de chevaux ainsi qu'un *Christ au tombeau*.

Une de ses dernières lithographies montre, allongé sur la neige dans un paysage sans horizon où planent des oiseaux de proie, un *Cheval mort* (1823) au ventre énorme et glacé. Une aquarelle de la même époque évoque des *Chevaux conduits à l'abattoir*, l'un couché dans une charrette, deux autres suivant le sordide convoi. Quand il exécute cette œuvre, dans son atelier de la rue des Martyrs qui porte bien son nom, Théodore Géricault n'a plus qu'un an à vivre. À trente-deux ans, il est paralysé et souffre en silence. De cet insupportable silence qu'expriment, par la crainte originelle d'attirer les prédateurs, les chevaux blessés ou malades, et dont seuls les fidèles compagnons savent mesurer, de l'œil, l'étendue de l'invisible douleur.

Écorché vif, le teint vert-de-gris, étique au point, écrit Alexandre Dumas dans ses *Mémoires*, qu'on voyait les os et les muscles à travers sa peau, doutant toujours de son art au milieu des têtes de guillotinés de Beaujon et des membres découpés de Bicêtre qu'il se faisait livrer pour les peindre, il ressemble, dans une persistante odeur de morgue, à l'un des agonisants christiques du *Radeau de la Méduse* — cette « vignette ». Car voilà : il n'avait vécu que pour les équidés et il allait entrer dans la légende pour avoir immortalisé des naufragés affamés qu'il ne connaissait pas, sur une mer déchaînée qu'il ne fréquentait pas, pour un public de bourgeois et de Salon qu'il méprisait. Après avoir demandé au chirurgien qui le charcutait de déplacer son lit afin qu'il pût suivre l'opération dans un miroir — « Je m'utilise », explique-t-il — Géricault s'éteignit le 26 janvier 1824, un pinceau à la main, comme se fauche un cheval en forêt : dans l'action.

Prononçant son éloge funèbre à l'église Saint-Jean-Porte-Latine, rue Montmartre, Delacroix cita le mot de Goethe : « Les morts vont vite. » Ils sont, comme la *Nymphe enlevée par un centaure* — une des rares femmes présentes, avec *Le baiser*, dans cette œuvre d'écuyer où le cheval seul appelle la passion amoureuse —, promis à la métempsycose. Les étalons étincelants et bondissants de Géricault, nez au vent, la crinière hystérique, les jambes affolées, continuent de porter la légende de leur jeune cavalier disparu beaucoup plus loin, plus haut qu'il ne l'eût jamais espéré, dans un galop de feu où brûlent la ferveur et les peurs d'un enfant qui n'a jamais grandi.

Mon père, au grand galop

Mon père est mort d'une chute de cheval le samedi 21 avril 1973, veille de Pâques, dans l'insoucieuse et très civilisée forêt de Rambouillet. Il avait quarante-cinq ans, j'allais en avoir dix-sept. Nous ne vieillirons pas ensemble. Je n'ai jamais accepté, malgré les années, malgré les bonheurs qu'on arrache sans douceur à la vie qui va et renaît, malgré la faculté qu'on développe si bien de savoir survivre, tête haute, à ceux qui nous ont faits et qu'on a perdus, je n'ai jamais accepté ce verdict sans appel, cette jeunesse, la sienne, soudain figée dans un effroi pompéien, ce mouvement arrêté comme par la main de Pisanello, Delacroix ou Géricault. J'écris ce livre pour tenter de transcrire, sur le papier, la partition du mortel galop dont l'obsédante musique à trois temps n'en finit pas de chanter, de cogner dans ma tête.

Ce matin-là, près de Montfort-L'Amaury, mon père montait « Quinquina » et son ami Frédéric F., « À-nous-l'or ». Pendant un quart d'heure, les deux hommes avaient détendu leurs chevaux au manège.

Je connais bien l'excitation de cet exorde rituel qui précède et annonce en huis clos, tel un préambule amoureux, l'ivresse de la promenade. On règle les étrivières au pas, on ajuste les rênes au petit trot, on incurve peu à peu la tête du cheval : on accorde les instruments avant le concert en plein air. Soudain, la bouche cesse de jouer avec son bonbon de métal, elle devient légère, les allures sont douces et rythmées, les flancs cèdent enfin sous l'effort ; alors, on resangle d'une main ferme, signe que l'entente est cordiale et le départ, imminent.

Il était 10 h 20, le soleil du printemps entrait à l'oblique dans le manège par les lucarnes recouvertes de toiles d'araignée, ces vitraux sales de toutes les cathédrales hippiques, et il déposait une fine poussière d'or sur l'encolure des deux chevaux bais au travail. Mon père portait une bombe noire et ses lunettes d'écaille. Il avait les talons bas et les pieds parallèles des cavaliers chez qui le métier est entré par le mollet. Il était cravaté. Qu'il fût d'ailleurs en selle ou dans son fauteuil d'éditeur, je l'ai toujours connu cravaté.

Il aimait en effet dans l'équitation qu'un certain protocole gouvernât l'agrément comme il demandait à la grammaire de dominer les sentiments et de lutter contre la mauvaise graisse. La rhétorique qu'il étudiait chez Joubert, la philosophie de l'éloquence qu'il explorait chez Diderot, la phrase austère et rigoureuse qu'il analysait chez Saint-Évremond aussi bien que chez Paulhan, le classicisme qui l'enthousiasmait chez Valéry, la « syntaxe individuelle » de Beyle qu'il avait définie et si bien appliquée à lui-même (« Grâce au style, Stendhal se dédommage de toutes les blessures que la fréquentation d'autrui inflige à son âme ombrageuse »), il les prolongeait, calme, en avant et droit, dans ce sport de l'intelligence où le travail, comme en littérature, ne doit jamais se voir.

J'imagine le bonheur de mon père quand, avec son ami, il quitte enfin le club. Quinquina et À-nous-l'or sentent les effluves de la forêt domaniale qui s'éveille dans la tiédeur d'avril. Ils frémissent, tirent un peu sur la main qui, d'instinct, se ferme. Les jambes des deux cavaliers compriment cette masse d'énergie ; elle ne demande qu'à déborder. Jusqu'au bois du Tremblay, mon père et Frédéric F. musardent au pas et au trot. On dirait Jeanne et La Hire, son compagnon d'armes, s'en allant tranquillement, dans *L'alouette* d'Anouilh, battre les godons à Patay :

« JEANNE

On est bien à cheval dans le petit matin, La Hire, avec un copain... Tu sens l'herbe mouillée ? C'est la guerre. C'est pour ça que les hommes se battent. Pour sentir la vraie odeur de l'herbe mouillée du matin, botte à botte avec un copain.

LA HIRE

Remarquez qu'il y en a qui se contentent de faire une petite promenade...

Oui, mais ceux-là ne sentent pas la vraie odeur de l'aube, la vraie chaleur du copain contre leur cuisse... Il faut la mort au bout, mon petit père, pour que le Bon Dieu vous donne tout ça... »

Oui, *il faut la mort au bout.*

Sans doute, ce jour-là, mon père et Frédéric F. parlent-ils comme seuls parlent les cavaliers en promenade : sans se regarder, les lignes des yeux parallèles, égrenant des propos décousus sur les choses de la vie, les tocades du temps, les caprices du terrain, la qualité d'un cuir de selle, la semaine passée, immobile, derrière un bureau, le plaisir cathartique de traverser la campagne à la hauteur des arbres, à la vitesse des anges. Timides à la ville, taciturnes à table, raides en représentation, impénétrables à pied, les cavaliers sont des complices pudiques dont les aveux s'accomplissent toujours au fond d'une selle, dans un silence sans poids, rythmé par le martèlement des fers et le clic-clac de la gourmette sur le mors de bride.

Le chemin monte et zigzague à travers le bois du Tremblay. Quinquina étant plus vif et plus rapide que À-nous-l'or, mon père double son compagnon, lui fait un signe de la main et part au galop debout, rênes tendues. Les branches des hêtres giflent sa bombe. La broussaille se courbe. Il respire à pleins poumons un parfum de mûres, de noisettes et de résineux. Il sent contre ses cuisses la chaleur du cheval lancé dans une course solitaire. Il ne pense à rien d'autre qu'à cette incomparable jouissance d'être au-dessus de soi. C'est un état merveilleux qui abolit la notion de risque, ignore l'hypothèse de l'accident.

Longtemps, mon père n'avait été qu'un pur intellectuel méprisant, sinon le sport, du moins la dépense physique. Il la jugeait inutile et, pour tout dire, inélégante. Le dandy, qu'il avait été à vingt ans, ajoutait une pointe de cynisme au dédain du lettré pour tout ce qui fascine les foules et n'épuise que le corps. En khâgne, au lycée Henri-IV, il mettait avec ostentation des gants beurre frais sur ses mains trop douces et jetait un regard dégoûté sur ses camarades, internes aux ongles noirs, qui glissaient dans leur Gaffiot, en guise de marque-page, des peaux graisseuses de saucisson à l'ail. Il appelait ça « l'épreuve de la familiarité sale ». Ce n'était pas du mépris, mais l'illustration d'une maladive timidité. J'ai retrouvé ce mot, qui en dit long, dans un carnet intime tenu pendant sa khâgne : « Ils se figurent que je suis heureux, *parce que je crâne.* »

Il préférait Saint-Évremond au foot et Rivarol au rugby. Chaque soir, il lisait *Le Monde in extenso*, mais sautait la page sportive comme s'il se fût agi d'une incongruité. Je ne l'ai jamais vu s'intéresser à une compétition, suivre un match à la télévision. D'ailleurs, il ne regardait pas la télévision. S'il avait consenti, sur le tard, à acheter un poste portatif en noir et blanc, c'était seulement pour satisfaire aux suppliques de sa progéniture. Les soirées, il les passait dans son bureau-bibliothèque, lieu de haute solitude, parmi ses ouvrages recouverts de cellophane, à écrire des études brèves et profondes sur ses écrivains de prédilection auprès desquels il trouvait le réconfort que l'époque et ses contemporains s'obstinaient à lui refuser. Pas plus qu'il ne parlait de lui, il n'écrivait pour lui. « Un beau livre, affirmait-il, est un miracle du savoir attendre : pour le faire, un auteur s'enfonce autant qu'il le faut dans le demi-jour de l'écriture. » Sa manière de repousser sans cesse l'hypothèse du sien et de s'arroger ceux d'autrui — en tête, *La difficulté d'être*, de Cocteau, et *Paludes*, de Gide, qu'il aimait lire à haute voix — exprimait de la pudeur, de la désillusion et sans doute beaucoup de vanité.

Car s'il n'était pas tendre avec autrui, il était intraitable avec lui-même. Le jour où quelques malheureuses virgules furent déplacées dans sa longue étude sur Stendhal, *Arrigo Beyle, Milanese*, donnée en 1960 à *La N.R.F.*, il envoya une lettre courroucée à Jean Paulhan qui, par retour du courrier et en promettant de « rechercher le coupable », signa, sans le savoir, le meilleur autoportrait de mon père : « Ah, la vie ne doit pas être facile avec vous. La vie ne doit pas *vous être facile avec vous.* » Il travaillait en effet à la perfection dans un monde idéel où il exigeait que chacun eût les mêmes ambitions. Il était le modèle de ceux qui mettent la barre si haut qu'ils finissent par s'abstenir de sauter. Ajoutant la réserve grand-bourgeoise à la méticulosité du khâgneux, plaçant les vertus du langage au-dessus des bonheurs de l'existence et tenant que, depuis le XVIIIe siècle, l'esprit ne laissait pas de décliner, il tendit sans relâche vers un absolu tyrannique qui, en éradiquant les risques de complaisance, eut raison de tous ses talents. Le seul livre qui porte son nom et la trace de son intelligence inflexible n'a d'ailleurs paru qu'après sa mort. Il s'intitule *Partis pris*. Ceux-là même auxquels il ne dérogea jamais.

Arrivé au sommet de la colline boisée, le cavalier flatte avec reconnaissance l'encolure humide de Quinquina, tout essoufflé par son ascension, bavant blanc comme s'il avait mangé du savon. Pendant quelques minutes, mon père attend Frédéric F., veut s'assurer qu'il n'a pas eu d'ennuis. Dès que son ami est arrivé à sa hauteur, il repart au galop jusqu'au carrefour dit de la Pinsonnière, où les deux cavaliers décideront, ensemble, de la suite à donner à leur promenade. Il est souple, pressé, ardent, ailleurs, déjà.

C'est après la mort d'Olivier, mon frère jumeau, que mon père rompit avec ses habitudes casanières, son confort, sa paresse et ses préventions d'intellectuel. Olivier, visage de séraphin, les traits émaciés, si souvent perdu dans des songes pieux de communion et de rédemption, comme visité par un Dieu qui réclamait déjà son léger poids de chair, Olivier dont j'avais l'intuition — ainsi le disait Cocteau de Radiguet — qu'il était prêté et qu'il faudrait le rendre, Olivier, mon double rêvé, une même chair coupée en deux, l'œuf brisé, mon tendre besson dont, en lui survivant, je suis devenu le sosie vieillissant, désormais paniqué par la précarité de la vie, Olivier, fauché sous mes yeux, un dimanche d'été, dans la longue plaine briarde. Il avait six ans. Nous avions six ans.

Sur la route de Paris, l'index pointé, la voix claironnante, il avait demandé à voir des vaches, là-bas, dans le champ. Mon père rangea la Peugeot 203 gris pigeon sur un bas-côté. Sans prévenir, trop impatient, Olivier ouvrit la porte arrière et traversa la nationale en courant, en riant. Il y eut des crissements de pneus et des hurlements. Le petit corps fut projeté en l'air. Un ange, dans la campagne. Le bolide assassin poursuivit sa virée macabre vers l'horizon. On ramassa Olivier. Il respirait. J'entends encore, je n'oublierai jamais, les voix mêlées et implorantes de mes parents psalmodiant, entre deux sanglots étouffés par le ronflement du moteur, le *Je vous salue, Marie, pleine de grâce*, pendant que ma mère berçait, tel un nouveau-né, son enfant déchiqueté et que mon père conduisait vite pour atteindre l'hôpital le plus proche, sur cette route bordée de peupliers processionnels qui, dans le soleil mourant, semblaient s'incliner au passage de notre convoi funèbre et sacrificiel.

Olivier entra dans un long coma. On m'éloigna dans l'Yonne puis dans une ferme du Berry où des cousins se chargèrent d'initier au travail des champs et à la chasse le garçonnet parisien que le destin venait d'amputer de son autre lui-même.

Pendant ce temps-là, mes parents vécurent au chevet du petit gisant. Leur prière, j'imagine, devait être celle de Doña Honoria, dans *Le soulier de satin* : « [...] comment faire pour entendre sous cette enveloppe qui chaque jour durcit et s'épaissit? Cette forêt qui m'entoure, il n'y a que maintenant que j'ai commencé à l'entendre, depuis que je veille cet enfant qui meurt; une branche qui tombe, cette cloche de l'autre côté de la montagne que le vent nous apporte une fois par an, cet oiseau qui s'envole soudain, comme ils retentissent longuement dans mon cœur ! »

Le 7 juillet 1962, Olivier s'éteignit. À un ami qui voulait lui témoigner sa douloureuse affection, mon père répondit : « Vous ne savez pas ce que c'est que d'avoir peur, non pour l'avenir, mais dans le passé. » À partir de ce jour, il n'écrivit plus une ligne. La compagnie de ses chers auteurs du XVIIIe siècle semblait lui être devenue indifférente. Il avait la foi, elle l'a préservé et maintenu droit. Pour n'avoir point à se confier, il travaillait, dira son ami Pierre Nora, à être conforme à sa réputation : « Cambré, cassant, sanglé, distant, intransigeant sur les principes et les intérêts de sa maison d'édition. » Le week-end, son bureau était vide, sa bibliothèque, inutile et sans voix. Il était à cheval, du matin jusqu'au soir. Ce fut une longue, rude, altière et dangereuse convalescence.

Il voulait soulager sa mémoire, perdre du poids, atteindre peut-être à cette légèreté qui met l'âme à la disposition de Dieu et les hommes brisés à la hauteur du paradis où les enfants morts ne grandissent plus. Il voulait en découdre avec l'invisible. Il cherchait l'ordalie. J'ai passé mon adolescence dans les écuries et dans les manèges de Chevreuse, en bordure des terrains de concours hippiques du Calvados, sur la plage traumatisée et mal cicatrisée d'Omaha-Beach où, seul, il promenait un fier et grand cheval bai foncé, mais je n'imaginais pas le combat intime que, derrière son impavide profil de cavalier hors pair, ses lunettes noires et sa cravate blanche de compétition, mon père menait avec lui-même.

Il ne reprit la plume qu'une seule fois, dix ans après la disparition de son fils, pour louer soudain Charles Péguy. Son texte est resté inachevé. Je l'ai retrouvé, manuscrit, dans le tiroir de son bureau. À la veille de mourir, mon père écrivait ainsi de l'auteur du *Mystère des saints innocents* : « Cet homme pour qui seul comptait l'accomplissement de la tâche était aussi celui qui rêvait d'être arrêté au plus fort de sa course par une traverse imprévue : l'effort de la probité laborieuse allait de pair, chez lui, avec la prescience tragique de l'accident qui romprait son élan. Vision d'un devenir accidentel qui ne suspend pas les actions, qui ne ruine pas les raisons d'agir mais les renforce au contraire à la lumière du malheur qui va fondre. Pour Péguy, la vie ne prend de sens, l'œuvre ne prend de prix que par ce devancement de l'ultime échéance : seul compte pour lui de périr à la tâche, avant le terme, dans la surprise. Il voulait la mort *au dépourvu.* » Elle prit Péguy à l'improviste, dans les seigles trop mûrs de Villeroy, et mon père, sur un chemin de terre sèche de la forêt de Rambouillet.

Parvenu au sommet de la colline qui descend vers la Pinsonnière, Frédéric F. est surpris de ne pas apercevoir mon père au carrefour et plus étonné encore par la poussière, épaisse et inhabituelle, que Quinquina a soulevée derrière lui. Sans doute son compagnon a-t-il tourné à gauche ou à droite pour l'attendre à l'ombre d'une haute futaie où, après l'effort, le cavalier retire ses étriers, laisse tomber ses jambes et concède des rênes longues à son cheval qui étire l'encolure jusqu'au sol, arrache avec gourmandise des touffes d'herbe, de jeunes branches, des feuilles d'arbrisseaux sauvages ou des bouquets de fougères. Mais, arrivé en bas au petit trot, Frédéric F. ne voit personne. Le rond-point est désert, la forêt, silencieuse. Dans l'air flotte toujours un peu de poussière. Une nue d'encens sous les claires-voies du bois. La promenade arrive à son terme.

Frédéric F. s'apprête à franchir la route goudronnée qui mène à Bazoches-sur-Guyonne lorsqu'il distingue, en contrebas, un corps allongé sur le ventre, immobile, et plus loin, à une vingtaine de mètres, Quinquina broutant paisiblement. Mon père a perdu connaissance. Il ne la recouvrera pas. Il est 10 h 45. Le soleil de Pâques inonde au même moment la vallée de Chevreuse et le cœur des chrétiens. À cet instant, je monte dans un train qui me ramène, bronzé, si naïf, de l'Oberland bernois et, roulant pendant la journée vers Paris, me prive des derniers instants de mon père comme, dix ans plus tôt, pour épargner un enfant, rescapé d'un désastre intime, on l'avait dépossédé de son frère à l'agonie en l'exilant dans une campagne où tout évoquait cette gémellité brisée, où tout hurlait cet amour perdu.

J'ai grandi dans la mort sans l'avoir jamais vue à l'œuvre, sans avoir jamais pu la combattre, la haïr, ni la supplier de gracier mon jumeau, de sauver mon père. J'ai grandi dans le silence sépulcral qui s'ajoute à celui, révoltant, des disparitions invisibles. J'ai grandi parmi ceux que j'aimais et qu'on m'a enlevés avec les égards que prodiguent les chirurgiens aux malades qu'ils vont mutiler sous anesthésie générale. Le réveil est plus cruel encore. Il m'a manqué d'être là, dans l'absolue douleur de la confrontation avec la mort que j'eusse préférée à cette rhétorique du ménagement, ce vocabulaire catholique de la métaphore, cette physique compatissante de l'éloignement qui prolongent le drame au lieu de le résorber, qui installent la souffrance muette et ne la suppriment jamais.

Depuis, je vis dans l'obsession de l'accidentel qui menace les miens, dans l'angoisse de me les voir retirer, à mon insu. D'avoir conduit un tracteur dans une ferme et lu Stendhal dans un train alors que, loin de là, la mort frappait mon frère et mon père me rend toute distance avec ceux qui me sont chers insupportable. Où que je sois, je suis accroché au téléphone ; il faut qu'on puisse me joindre, me prévenir que le pire est arrivé puisque, depuis mon plus jeune âge, le pire est toujours sûr. Alors, pour faire bonne figure, je travaille sans cesse à feindre la sérénité, à tuer en moi la conviction que les enfants disparaissent à six ans, les pères, à quarante-cinq, et qu'il est toujours trop tard, de quelques jours, de quelques heures, pour leur sourire une dernière fois, leur murmurer mon amour, embrasser leurs lèvres mortes.

Frédéric F. a alerté les services de secours. Mon père a été conduit, dans le coma, aux urgences de la Pitié-Salpêtrière, où Olivier avait été reçu après son accident. C'est le même prêtre qui, en 1962 et en 1973, a accueilli ma mère. Qui osera parler de hasard ? Qui réfutera l'idée que tout est écrit ? Le 21 avril au soir, mon père poussait, selon l'expression consacrée, son dernier soupir. Il repose, près d'Olivier, dans le cimetière de Bray-sur-Seine, sous un tapis de mousse où la nature gagne chaque année du terrain sur la pierre blanche dont les lettres et les chiffres gravés seront un jour, je le sais, effacés par le temps et les mémoires oublieuses de mes propres enfants.

Quand, écoutant Alfred Deller chanter, de sa voix suppliante de haute-contre, les *Leçons de ténèbres* de Couperin ou l'orgue d'une église jouer une cantate de Bach qui, le long des colonnes, monte en vrille vers la voûte en plein cintre, il m'arrive d'espérer croire en la vie éternelle, alors je me dis que mon père n'a tant galopé que pour atteindre la forêt où retrouver son fils, qu'ils sont maintenant réunis, main dans la main, et qu'ils ont à jamais les âges que la vie a bien voulu leur octroyer.

Plus de vingt ans avaient passé depuis la mort de mon père dans des conditions dont j'ignorais tout (et dont, par crainte de réveiller une douleur indélébile, il ne me serait jamais venu à l'esprit de parler avec ma mère, qui a toujours opposé à la fatalité une dignité empressée et une abnégation redoublée, sacrifiant aux autres ce qui restait, en elle, de la femme et de la mère) quand, au terme d'une réunion publique à laquelle je participais, un inconnu me glissa un bout de papier sur lequel étaient inscrites les coordonnées de Frédéric F. : « Il montait à cheval avec votre père, le jour de son accident », me dit l'interlocuteur. Surpris, je téléphonai à cet inconnu qui jaillissait de l'ombre. Il avait une voix douce, accueillante et impatiente. Nous nous retrouvâmes dans un bistrot proche de la place de l'Étoile. Mon cœur battait.

L'homme avait l'âge qu'aurait mon père aujourd'hui et un beau sourire clair où se lisait l'empire d'une vie droite et bien remplie. Nous étions aussi troublés l'un que l'autre. Je reconnus aussitôt chez cet ancien responsable d'une fabrique de papier, incollable sur la qualité et l'origine d'un bois, la franchise sans apprêts, la simplicité un peu rude, l'ignorance des circonvolutions littéraires et des conventions mondaines qui caractérisent ces amitiés nouées, loin des villes, dans un manège et dans les écuries. Une amitié de cheval. Les seules qui résistent aux mensonges, aux mesquineries et aux stupides fatuités de l'existence.

Il tardait à Frédéric F., semble-t-il, de me rencontrer. Il avait cessé de monter depuis la chute de mon père. De sa sacoche, il sortit un dossier qu'il avait composé à mon intention et qu'il me remit avec ces mots : « C'est à vous, maintenant. » La chemise contenait notamment son témoignage de juillet 1973 adressé aux assureurs, des photographies de la forêt de Rambouillet et une carte d'état-major sur laquelle était dessiné le parcours de leur promenade. Il évoqua à l'imparfait — un imparfait qui jouxte le présent perpétuel — les talents équestres de mon père. Il le portraitura comme nul n'avait su, n'avait pu le faire jusqu'alors : rigolard, pas hautain, libéré, pas cloîtré, physique, pas cérébral. Je l'interrompis maladroitement. Ma question était si vieille ! « Mais comment, mais pourquoi est-il mort ?

— Je ne comprends toujours pas, me répondit Frédéric F. Il était devant moi, je n'ai pas vu sa chute. La seule chose dont je sois certain, c'est qu'à aucun moment Quinquina ne s'est emballé. Si cela avait été le cas, on l'aurait retrouvé loin du corps de votre père. Or, il paissait tranquillement quand je suis arrivé sur les lieux. Il était calme, je n'ai eu aucune difficulté à le prendre par les rênes. Peut-être votre père a-t-il eu un malaise, je ne sais pas. Et puis, il y avait cette poussière tout au long de son trajet que je ne m'explique pas. Lorsque j'ai trouvé votre père, il avait perdu sa bombe, il était déjà dans le coma. Je peux vous assurer qu'il n'a pas souffert. Non, il n'a pas souffert. »

Nous nous sommes encore beaucoup parlé. Il m'a demandé si je montais à cheval. « C'est maintenant ma passion », rétorquai-je. Il me regarda fixement et sourit. Lui seul, alors, me comprenait.

Un rêve passe, il va l'amble

L'on se réveille, en famille, dans le petit matin laiteux. Le trac au ventre, on avale vite le petit déjeuner, enfile chemises et pantalons blancs, accroche sur leurs cintres, dans la voiture, les vestes noires. La veille, on a ciré les bottes, graissé les cuirs des selles et des filets, nettoyé les tapis, lavé au jet les guêtres et les mors. Jeanne est impatiente et Gabriel, anxieux. Clément aide à porter les boîtes de pansage. La journée va être longue et lourde en émotions. Au Brévedent, chacun d'entre nous prépare son cheval dans son coin comme si, de l'embellir, de le lustrer, de le maquiller ajoutait aux chances de réussir.

C'est l'heure de la reconnaissance du parcours. Gabriel calcule avec une rigueur d'arpenteur ses foulées entre les obstacles. Jeanne évalue la hauteur d'un droit, estime qu'un oxer est regardant et, à mesure que l'on progresse, me serre fort la main. On fait une dernière fois sauter nos chevaux dans la carrière de détente. Viennent enfin l'heure du parcours et sa sonnette tintinnabulante, et sa musique d'accompagnement, et l'appréhension qui se métamorphose soudain en ivresse, et les doigts croisés par superstition quand passent un frère, une sœur, un fils, une fille ou un père, et l'allégresse du sans-faute ou la déception après les refus, les barres tombées...

Quand, le soir, on rentre épuisés à la maison, l'on accroche dans le cellier les flots gagnés en commun : c'est le tableau de chasse de la famille, c'est le mur des exultations. D'avoir participé ensemble, botte contre botte, à un concours hippique, un raid d'endurance ou une randonnée, crée entre les parents et leurs enfants des rapports sans égal où entrent de la complicité souriante, de la tendresse silencieuse et, abolissant soudain la différence d'âge, une étrange, surprenante et magnifique *confraternité*.

J'ai passé mon adolescence à me chercher dans le regard de mon père ; je m'observe aujourd'hui dans les yeux de mes enfants, Gabriel, Jeanne et Clément. Ils voltigent sur des haflingers aux croupes caramel et aux crinières sable avec une élasticité d'acrobates, sautent sur des pur-sang des barres plus hautes qu'eux, taquinent, sur l'herbe rase, des balles de polo en bois blanc avec des maillets argentins, galopent à cru, des heures rieuses durant, sur les sentiers bordés de mûriers du pays d'Auge, pansent et nourrissent, au paddock, leurs astucieux shetlands, concourent, randonnent, bivouaquent, sans toujours comprendre qu'on puisse vivre ailleurs et autrement que sur un cheval. Ce sont les petits héritiers d'un monde d'avant la télévision, où, plutôt que d'en être les spectateurs ébaubis, les filles et les garçons apprenaient, en pleine nature, le courage, la maîtrise de soi et la volupté.

Ils sont nés en ville mais ils ont grandi dans la paille et le foin, à califourchon et en shaps. Ils ont de petits mollets durs, chauds et polis comme, au jusant, les galets de Noirmoutier. Ils ignorent la peur, savent juguler celle de leurs montures, connaissent l'entente miraculeuse de leur corps et de celui de l'animal, ont déjà compris de quelle manière échapper, par des allées buissonnières, à l'enfer urbain. Ils sont heureux et libres. Je leur dois ma deuxième enfance : elle est radieuse.

Après l'accident de mon père, j'avais fui les chevaux. Je traversais, en voiture, les campagnes de France et d'Italie sans les voir, derrière leurs barbelés où ils semblaient exécuter une lointaine danse de mort, et je voulais tant vivre. Je ne les détestais point, je les ignorais. L'indifférence dura presque vingt ans. Sommaire et maladroit, mon travail de deuil était en effet fondé sur celui de l'oubli. Je feignais de n'aimer désormais que les grands boulevards, les librairies, les cinémas, les théâtres, les restaurants, les boîtes de nuit. C'est que les lieux clos, aux lumières artificielles, me protégeaient de la nature insoumise et menaçante. La presse — dans sa double acception : l'urgence et le journalisme — fut ma thérapie. Le cœur s'en mêla. Une rencontre ajouta soudain à l'éloignement, que je croyais définitif, des boxes et des manèges : je tombai fou amoureux d'une jeune fille blonde qui était aussi orpheline de père et marquée, sous ses airs bravaches, par son absence tutélaire. Nous avons alors marié nos solitudes, additionné nos impatiences, ajouté nos exigences, partagé nos masques de faux durs, où les physionomistes virent de l'orgueil, mais ce n'étaient que des pansements apposés sur des plaies vives. Anne-Marie avait été cavalière, elle ne l'était plus. Elle avait sacrifié la selle à la scène, les barres aux tréteaux, les carrières à sa carrière.

Le cheval semblait être entré, pour toujours, dans les paysages lunaires d'une préhistoire intime, où les défunts sont figés dans l'élan. C'est l'aîné de mes garçons qui, à huit ans, vint l'y chercher, le caressa d'une main très sûre et lui mit, d'instinct, un licol pour le ramener dans ma vie. Il faisait beau et frais, en Normandie, à la fin de cet été-là ; un vent sec lavait, au-dessus de la mer, le ciel de ses nuages pommelés et la mémoire, de ses embruns funèbres. Cet animal qui avait tué mon père, mon fils me le rendait, tranquille et innocent, comme s'il était allé chercher au pré, où il s'en serait donné à cœur joie, aurait arraché des hectares d'herbe grasse et enfin épuisé son ardeur, un entier ayant abusé de sa force et résisté, le mors aux dents, à la science des meilleurs écuyers. Le cheval ne figurait plus un témoin encombrant du passé, il devenait une promesse d'avenir.

Gabriel fit ses premiers pas d'équitation. Anne-Marie l'accompagna. Je suivis. Ce fut une révélation qui balaya des années d'hypocrite amnésie. J'avais négligé les chevaux, mais ils ne m'avaient pas quitté. Ce sont des fidèles. Ils gardent, jusqu'à l'obsession, le souvenir visuel de tout ce que les cavaliers ont voulu oublier. Ils nous restituent l'amour qu'on leur a donné et les négligences dont on est coupable à leur égard. Ils portent sur leur dos, sans broncher, le poids des selles, des frayeurs inavouées, des silences trop pesants, des violences contenues mais aussi des plaisirs qu'on ne sait plus partager. Ils donnent, à nos petites vies, des perspectives cavalières. Ils nous grandissent sans nous abuser.

Quand, pour la première fois, je remis mes pieds dans des étriers, mon corps était engourdi, gauche, presque paralysé. Un paquet de nerfs posé sur une masse de muscles fluides. Drôle de couple. Cela ne relevait pas encore de l'équitation, ça ressemblait plutôt à de la rééducation. Longtemps, je m'astreignis aux reprises ingrates de débutants, aux séances de mise en selle, cette torture collective, onéreuse et masochiste. Peu à peu, j'appris à placer mes jambes à la verticale, à dégager mes genoux, à mettre mes épaules en arrière, à rendre mes mains plus légères, à trouver mon assiette, à concéder au bassin le si tendre, si féminin, si érotique mouvement de va-et-vient qui accompagne, en douceur, au creux douillet du lit animal, la geste lascive du galop. Je ne travaillais alors que sur moi-même. Après viendraient la rançon de ces préliminaires austères et cet autre travail, jamais abouti, toujours à parfaire : sur le cheval lui-même, que l'on met des années à comprendre et, en le plaçant, à élever à cette hauteur où l'art, soudain, pour quelques instants, paraît succéder aux exercices d'entraînement. On en pleurerait. De joie.

Il fallut pourtant d'involontaires croupades en carrière, quelques chutes mémorables à l'obstacle et des emballements homériques sur la plage (seule, dans ce cas, la pleine mer pouvait arrêter la course folle du cheval, ivre de liberté, sourd aux injonctions, comme insensible de la bouche), il fallut aussi des courbatures de statuaires, des blessures de campagne, des côtes cassées, des déchirures musculaires, des morsures d'écuries, des doigts de pied écrasés sous un sabot maladroit, des mains usées par des rênes mal graissées, il fallut tout cela pour que, sans chercher à contrarier des angoisses et des ambitions naturelles qui donnent à l'équitation son tribut d'émotions fortes et ajoutent au caractère inédit d'une lutte complice mais rigoureuse, la confiance établie avec l'animal l'emportât sur les risques du métier; pour que, surtout, j'en eusse fini avec les fantasmes que la mort de mon père et l'ignorance de sa passion avaient développés et parfois prolongés jusqu'aux confins de la tératologie.

Je n'oublierai jamais cet après-midi caniculaire de juillet où tout ce qui était noué en moi se libéra. J'étais parti seul en promenade sur un demi-sang, agile et bon sauteur, que je montais souvent en dressage. Je quittai au pas le haras situé sur les hauteurs de Lisieux et, à travers les champs de blé et de maïs, descendis au trot vers la vallée de la Paquine, cet affluent de la Touques. Il n'y avait, à l'entour, pas âme qui vive. On eût dit que le bocage n'avait pas changé depuis le siècle dernier, qu'il avait été dessiné une fois pour toutes par une main artiste et jamais retouché; oublié des faussaires, en somme. Même les lignes électriques n'avaient point pénétré dans cette campagne où quelques rares fermes dormaient, derrière des volets clos, d'un long sommeil flaubertien. Mon cheval n'était pas seulement dans son espace, il retrouvait son propre temps et sa fonction originelle, il semblait me savoir gré de le restituer à son milieu naturel.

Après le hameau du Courbec, je traversai, en mettant des jambes, le cours d'eau glacé de la Paquine qui serpente à travers les prairies, caresse sur sa route des prieurés et des manoirs aux secrets bien gardés, derrière leurs colombages et un antique silence. Un chemin abrupt menait ensuite jusqu'à la mystérieuse forêt de hêtres qui domine Ouilly-du-Houley. Je pris le galop dans toute la montée en laissant, pour ne pas gêner son effort, les rênes longues à mon cheval qui arriva au sommet en soufflant. Je mis pied à terre, il arracha des fougères pour reprendre des forces. Nous étions vraiment bien, tous les deux. En repartant, j'aperçus, derrière un portail rouillé et magnifique, au fond d'une allée d'arbres pourpres où des vaches mangeaient avec flegme l'herbe d'une vieille baronnie, le châtelet en brique et pierre blanche de la forteresse médiévale d'Ouilly-du-Houley, baptisé par La Varende « le château-roi du pays, superbe et féroce ». Devant la poterne, je n'étais plus un cavalier du temps présent mais un voyageur échappé d'un conte de Maupassant qui priait qu'on voulût bien l'accueillir pour une nuit, pour une autre vie. Un rêve passa, il allait l'amble.

Je rejoignis tranquillement, au creux du vallon, le lieu dit La Cidrerie et, au galop, le plateau de Lisieux. Le soleil commençait à décliner. Mon cœur battait sur ces sentiers broussailleux où je n'avais toujours rencontré personne, et le cheval frémissait de ma propre émotion. J'écoutais la sonate cadencée de ses sabots avec ravissement. C'est à cet instant précis que je compris les raisons de ce bonheur : non seulement j'avais vaincu ma vieille peur d'accidenté, mes étouffantes suspicions de rescapé, mais je découvrais surtout la jouissance physique qu'avait connue mon père pendant près de dix ans et dont son ultime promenade avait été non pas l'aboutissement mais la consécration. Elle avait donné à sa mort la fougue d'une joie juvénile et l'avait exempté de ce qui, d'ordinaire, menace les hommes ayant trop pris soin d'eux, s'étant ménagés : la décrépitude, sous le bedon et le confort.

Cela fait un quart de siècle que mon père tant aimé, comme pour préserver notre complicité, n'en finit pas, sur la dernière photographie que j'ai prise de lui dans la forêt de Rambouillet, d'avoir quarante-cinq ans. Encore quelques saisons équestres, quelques chevauchées sous les futaies du Brévedent ou dans les bois du Houley, quelques concours hippiques avant lesquels on éprouve le trac des comédiens qui vont entrer en scène, quelques reprises à chercher un idéal *rassembler*, un léger sursaut du temps, un sursis de la mémoire, et nous aurons le même âge ; ce jour-là, mon père sera mon autre jumeau. Nous encadrerons alors tous les deux Olivier.

Il n'y avait rien de morbide dans ce trouble que je ressentais, debout sur mes étriers, au grand galop, rien qui pût non plus ressembler au sentiment de revanche ; je vivais au contraire en communion avec celui dont jamais la présence à mes côtés n'avait été si rayonnante, si légère, si nécessaire.

En rentrant au haras, je découvris, dans un pré à l'herbe tondue, loin de toute habitation, un parcours d'obstacles appartenant, sans doute, à un entraîneur privé Les barres, de couleurs vives, étaient neuves. Cet agencement parfait d'oxers, de spas, de palanques et de stationnatas avait, au milieu de ce champ vert pomme, quelque chose de surréaliste. On eût dit le décor d'un film, l'atelier d'un peintre. Je poussai mon cheval dans l'enclos. Il leva la tête, avec un mélange d'étonnement et d'excitation. Je descendis pour disposer ici et là quelques barres d'appel, vérifier les foulées entre les obstacles et, au petit galop, après l'avoir équilibré, je lui fis faire plusieurs tours. Il sauta avec une générosité et une gaieté que je ne lui avais jamais connues. Il avait la grâce. Je lui caressai tendrement l'encolure en quittant ce champ où nous étions entrés par effraction, d'où nous sortions en sueur et en joie. Je le désanglai, quittai mes étriers et nous rentrâmes au pas. Ce jour-là, j'étais vraiment devenu un cavalier. J'avais pénétré dans un monde qui allait devenir un royaume et mon refuge. Tout le reste est littérature.

Des journées entières dans les boxes

Lentement, une lumière après l'autre, jusqu'aux derniers faubourgs où elle grignote chaque année un peu plus de campagne, la ville s'éteint derrière moi selon une convention théâtrale, et j'entre dans la grande nuit de l'ouest. Comme chaque semaine, je roule vite sur l'autoroute de Normandie, sans jamais savoir si je fuis avec amertume et colère l'agitation d'où je viens ou si j'ai hâte d'atteindre le silence vers lequel je glisse, qui m'aspire si fort et me contredit.

L'été, le ciel rosit encore après Rouen, le jour tarde à capituler. L'hiver, les brumes ajoutent à la nuit, dès la côte d'Orgeval, un poids de mystère qu'il faut pénétrer, vaincre pour gagner la pure obscurité. L'autoroute prolonge encore, pendant deux heures, de péage en péage, le mouvement précipité de la vie sociale, le rythme de la semaine écoulée. Quand je la quitte pour emprunter la nationale qui mène à Lisieux, j'ai le sentiment de passer enfin la frontière qui sépare le monde des ombres du règne des choses. J'ouvre les fenêtres et respire à pleins poumons l'air fruité et lourd du bocage que bouscule, certaines nuits ventées, la houle marine, salée, autoritaire de Trouville.

Au Breuil-en-Auge, j'oblique sur la gauche et traverse, en montant, le bois du Mieux pour atteindre, après le hameau de Norolles, le plateau de Fauguernon, petite plaine briarde en terre normande où le maïs, le blé et l'orge poussent au cordeau. Des lapins, des chevreuils, parfois des sangliers courent, affolés, dans la lumière des phares qui éclairent enfin la maison, au bout de l'allée. C'est une lourde bâtisse du XVIe siècle, en brique saumonée et pierre blanche, étayée et comme allégée par les quatre baies en plein cintre d'une galerie à l'italienne. Même dans la nuit noire, son ombre portée rassure ; elle a traversé les siècles, elle est tranquille, elle a l'habitude de veiller sur ceux qui l'aiment. La brise fait chanter les longues branches des cèdres bleus qui la bordent au garde-à-vous. Avant même d'ouvrir la porte, j'appelle les shetlands. Ils me répondent du fond du paddock. L'entier gronde, souffle et gratte, il est impatient, c'est un mec. Prénom : Arsène. La jument suitée, Princesse, hennit doucement tandis que Voyou, peluche pie et capricieuse à tête caprine, aux yeux bleus, couine sous son ventre rond. J'entends, dans la nuit, leur petit galop réjoui et familial. Avec une lampe de poche, je vais leur donner des carottes, les caresse, décoiffe leur crinière, embrasse leur nez si tendre, flatte leurs flancs tièdes, me laisse bousculer dans l'herbe froide et vais me coucher avec un bonheur de rescapé.

Le corps s'apprête déjà à prendre sa revanche. Il répond à un désir très ancien, un rêve dérisoire et merveilleux, celui d'une civilisation réduite aux gestes, aux paroles, aux silences essentiels. Le cheval, alors, imposait à l'homme une morale faite de droiture et de souplesse, d'exigence corrigée par l'indulgence. Il lui apprenait qu'on n'obtient rien par la violence et que l'on est seul responsable de ce qui nous a été refusé, de ce qui nous est aussi concédé. Il lui faisait croire, comme la terre, au lent et imperceptible travail des ans, à la rançon méritée. Ici, sur ce plateau du pays d'Auge qui a oublié de vieillir, commence un autre temps, qui abolit tout ce que je suis et me métamorphose. Je sens bien ce qu'il y a d'inutile à raconter par écrit ce qui obéit à la physique élémentaire et se moque des artifices de la littérature, mais je veux laisser, par écrit, une toute petite trace de ce que, après les livres, les chevaux m'ont apporté et sans lesquels, désormais, je ne saurais vivre.

Je n'ai jamais compris l'équitation qui se pratiquait à heures fixes et s'expédiait, dans des lieux artificiels, comme une séance de cinéma ou de psychanalyse. Quelques clubs huppés du bois de Boulogne et de Neuilly font encore (cher) payer la perpétuation d'un cérémonial régalien que, en 1950, Yves Allégret a si bien stigmatisé dans son film *Manèges*, avec Bernard Blier en figure pathétique de l'héritier condamné, et Simone Signoret en croqueuse de diamants. Mais, fors ces curiosités muséographiques, l'époque est finie où les cavaliers, habillés de tweed rare, bottés de cuir fauve, gantés de beurre frais et armés d'une cravache au pommeau d'argent, annonçaient leur arrivée afin que, telle une automobile, leur monture fût *préparée*; ils n'imaginaient pas plus entrer dans une écurie que dans un garage ou une cuisine. Fussent-ils propriétaires, ils ignoraient même ce qu'on pouvait bien y faire et tenaient pour méprisables ceux qui en franchissaient le seuil.

Des palefreniers solennels amenaient alors à l'impétrant, immobile dans la cour pavée et sa hautaine dignité, le cheval brossé, peigné, sellé, sanglé (dont les étrivières, comble du raffinement, avaient été réglées à la bonne hauteur), ainsi que, le jour des noces, une vierge à son promis. Retour de promenade, où il avait croisé ses pairs dans les allées sablonneuses, où il s'était *montré*, le cavalier aux bottes cirées rendait, sans un mot, son cheval au lad de la même manière négligée qu'il abandonnait, devant un grand restaurant, le volant de sa limousine à un voiturier qui faisait le dos rond en pressant sa casquette sur le ventre. L'équitation n'était pas un sport, c'était un divertissement doublé d'une *commodité*. Ce n'était pas une passion — état jugé vulgaire —, c'était la façon la plus ostentatoire d'exhiber, dans un uniforme intemporel et à une altitude aristocratique, les derniers attributs du siècle précédent. L'on ne dira jamais assez combien cette vaniteuse comédie qui se joue toujours a ruiné l'image des activités équestres et participé de l'ignorance où on les tient encore.

Car les cavaliers du dimanche et les abonnés des cercles parisiens donnent, du monde du cheval, l'image mensongère et caricaturale d'une caste de privilégiés. Comme on suivrait, de loges miteuses en scènes improbables, la tournée d'une troupe de théâtre à travers la France des sous-préfectures, il faut se promener dans la plupart des clubs de campagne, pénétrer dans les écuries au bois souvent vermoulu, entrer dans les manèges à travers les toits desquels tombent la pluie et le froid, longer les carrières d'obstacles aux barres écaillées et aux chandeliers de fortune, caresser dans les selleries les étrivières dépareillées, les troussequins déchirés, les filets rafistolés, pour être saisi par cette émotion que produisent, loin des circuits touristiques, des villes et de leurs modes, le spectacle de la passion sans profits, le tableau vivant d'un sacerdoce profane. L'on y croise des moniteurs qui gagnent moins que le S.M.I.C., des palefreniers qui attendent le week-end pour se découvrir champions de C.S.O., des adolescents qui paillent les boxes pour s'offrir quelques heures de monte, des célibataires endurcis qui dorment sur des lits de camp au-dessus des écuries, des fous de cheval sans chevaux, des têtes brûlées, des corps de ferme, des oubliés du confort moderne. Ils sont têtus, fervents, comme des acteurs jouant Claudel devant une salle presque vide, comme des militants sans public, comme des prêtres sans paroisse. Ils ont la foi. Elle est indestructible.

Monter est en effet un plaisir qui se mérite, un effort qui se prolonge, un verbe transitoire qui s'inscrit, du crasseux au piaffant, dans un long et savant rituel processionnel. Il ne faut être ni pressé ni ramenard. Je le répète, l'on est dans un autre temps, celui du cadran solaire, du couteau de chaleur, du bouchon de paille, du maréchal-ferrant qui pare, cloue, broche, lime, des nuits blanches de poulinage, des heures de longe, de tonte ou de séchage, des aubes d'hiver où l'on natte une queue avant le concours, des crépuscules où les chevaux ne distinguent plus les barres bicolores, des journées entières en forêt ou dans les boxes, des repas entre amis où l'on ressasse à l'infini, *à la Sautet*, les exploits, les bonheurs, les accidents du groupe — cette phratrie à la syntaxe rigoureuse qui est soudée par la sciure et fleure, sous abri, l'animal trempé.

Tout commence et se finit dans le box. On y entre par la voix. Elle doit être charmeuse et même prometteuse. Le cheval sent aussitôt l'intrus, qu'il menace de la croupe, ou l'ami, qu'il accueille de la tête. J'aime, une fois la porte refermée derrière moi, cette première rencontre qui tient, dans une semi-obscurité, du préliminaire amoureux et de la danse de Saint-Guy : les corps se frôlent, les pieds se mêlent dans la paille et le crottin, les nez se flairent, les mouvements sont lents et doux. La moindre précipitation, un geste trop brutal, un excès intempestif de zèle transformeraient le ressui en ring. On retire la couverture et sort, de la musette de pansage, des instruments de toilette qui remontent à la plus haute antiquité : ils sont aussi indémodables que la houe, la doloire, le vilebrequin, la tarière, le coupe-marc, la lousse ou les objets du culte.

Après avoir passé l'étrille à rebrousse-poil, on bouchonne le cheval avec une brosse en chiendent tout en l'inspectant, on fait briller son poil en même temps qu'on apprend à connaître les petites cicatrices, les grosseurs suspectes, l'usure d'un garrot, les zones douloureuses ou simplement fatiguées, les creux des hanches, les pleins et les déliés d'un ventre ou d'une épaule. Après que, par un réflexe d'une touchante confiance, le cheval vous a donné ses pieds, on nettoie la sole, on dégage la fourchette, on retire les cailloux : il faut astiquer le stylobate de ce beau monument de muscles avec une main de statuaire, douce, fière et méticuleuse. Il ne reste plus qu'à peigner la crinière et à démêler les crins de la queue où, par prédilection, logent les longs brins de paille. Le cheval est prêt à recevoir son équipement, son habit de travail et de lumière. (Il me plaît que le cheval ne supporte pas d'être sale, exige que l'on nettoie chaque jour son box, change sa paille, frotte son abreuvoir, lisse sa robe, cure ses pieds et qu'enfin l'on balaie devant sa porte. C'est le seul animal qui, avant d'être monté, soit toujours soucieux d'être présentable.)

Là encore, les gestes, toujours les mêmes, empruntent à un rituel affectif et éducatif; la main précède la demande et rien n'est jamais gagné par la brusquerie. L'on ne jette pas une selle sur le dos, on glisse le tapis avant d'y déposer, avec délicatesse, cette lourde masse de cuir qui trouve sa place, comme naturellement, entre le garrot et le rein ; lové sous la tête, joue caressante contre joue taquineuse, l'on ne met pas le filet sans avoir, d'une main, tenu le chanfrein et, de l'autre, ouvert la bouche pour y placer le mors. On sangle à peine. On resanglera après les premières foulées, quand le cheval aura cédé et le ventre, dégonflé. Le spectacle peut commencer, qui n'est rien sans ce patient préambule où le box tapissé de toiles d'araignée figure une loge d'apparat, pleine de trac et d'ambition, où le pansage s'apparente au maquillage, où l'on place sa voix dans le silence trouble des lieux de passage, où le cavalier et le cheval font tout pour n'être pas indignes, dans la carrière vide ou le manège dépeuplé qu'ils vont rejoindre, du public imaginaire devant lequel ils s'imposeront toujours d'être en représentation et au meilleur d'eux-mêmes. L'équitation a aussi en commun avec la littérature qu'on cherche d'abord, quand tout s'y oppose, à *se plaire*.

J'aime ainsi travailler seul, l'hiver, dans le grand manège où le silence claustral, la semi-obscurité, les courants d'air et le persistant parfum de cinnamone froid évoquent ceux d'une cathédrale, un jour de messe basse. Et le cliquetis régulier du mors de bride me rappelle le va-et-vient de l'encensoir glissant sur ses chaînettes d'or dans la petite église normande de Saint-Laurent-sur-Mer où, comme ici, des oiseaux piailleurs venaient parfois rompre la quiétude de l'élévation et le rituel du *confiteor*. Je ne savais pas trop, enfant, devant qui ni pourquoi il fallait baisser la tête, je trouvais le temps long et l'attente inutile, sauf à l'instant de la prière des morts, quand je croyais sentir sur mes épaules la douce présence de mon frère perdu. Aujourd'hui, les seules églises que je fréquente sont ces manèges immenses et vides, lieux de haute solitude sous la nef desquels se déroule, selon un protocole très ancien auquel mon père aimait à sacrifier et dont j'ai hérité, un office que je célèbre aux trois allures, dans une langue étrangère et familière.

Les journées se suivent et se ressemblent. À l'obstacle, il faut vaincre sa peur ; en dressage, il faut triompher de soi. Ici, une impatience guerrière ; là, une silencieuse persévérance. Lors d'un concours hippique, je nous oublie, mon cheval et moi, je ne sais même pas comment je monte, où je suis, quelle heure il est, je ne pense qu'à écraser, barre après barre, cette boule d'appréhension qui est coincée dans ma poitrine. À l'école des aides et de la maîtrise de soi, je ne travaille au contraire qu'à battre mes résistances naturelles, les plus détestables dans la vie, les plus désastreuses en équitation : une main trop dure, une nuque trop raide, un bassin trop rigide, une jambe trop coercitive. Je trouve dans les concours hippiques à épuiser mon goût du risque, mon envie d'en découdre. Je cherche dans le dressage à détruire tout ce que je n'aime pas chez moi, de moi, cette inflexibilité que le cheval déteste plus encore et que mon père essayait sans doute, lui aussi, de corriger par la souplesse des aides, la philosophie de la mansuétude. Je crois bien que, dans ce domaine, l'équitation nous a améliorés.

On n'imagine pas ce que la compagnie des chevaux demande d'attention, exige d'énergie, suppose de prévenances ; on a pour ces fragiles danseurs étoiles, toujours menacés d'une colique, d'une angine ou d'une boiterie, des prétentions de chorégraphe et des tourments d'infirmière. Leur entretien et leur célébration suffiraient, ô combien, à combler une vie. C'est bien le péril à quoi s'exposent les adeptes de cette ferveur intraitable et inutile. Gratter son cheval pendant des heures, monter la barre encore plus haut, inaugurer sans cesse de nouveaux sentiers dans la campagne et, malgré le froid ou la canicule, les devoirs privés ou les obligations professionnelles, malgré le vacarme que produit, au loin, le monde en marche, ce monde réel dont on s'est retiré par goût de l'aventure et du risque mais peut-être aussi par lâcheté, s'inventer toujours de bonnes raisons d'être les pieds dans la paille ou les étriers, qu'est-ce que cela signifie, au juste ? Que diable fuit-on si vite, si obstinément ? Qui nous poursuit, qui nous précède ? Quelle chimère puérile, quelle illusion artistique traque-t-on sur ce rond circulaire qui est la loi fondamentale du mouvement équestre, la concrétion de l'éternel retour, et qui illustre bien l'impuissance du cavalier à atteindre la perfection, à se contenter de ce qu'il a obtenu, à s'arrêter, à mettre pied à terre ?

J'ai essayé de répondre à ces questions, mais je ne comprends pas. Sans doute y a-t-il du règlement de comptes avec soi-même et de l'exutoire. De la rage, de la drague et du jeu. Du plaisir esthétique, aussi, le goût de créer dans le périssable, de tout donner afin de consacrer, dans une rhétorique éternelle, un art éphémère, l'excitation de faire une œuvre qui ne restera pas — cette ivresse que connaissent les grands maîtres jardiniers : la nature épousant enfin la culture (où Le Nôtre rejoindrait donc La Guérinière).

Ici, je pense à Anne-Marie, qui ne croit guère à la pérennité des œuvres. Elle appartient à l'ordre des sculpteurs de sable. Elle n'a pas la prétention de se survivre, elle a l'ambition de vivre en accord avec elle-même. Elle se consacre donc à embellir le présent, à gouverner le périssable. Il n'y a pas d'école pour y parvenir. La grâce, ou rien. Elle fait du dressage comme elle joue au théâtre ou invente un jardin, trois singuliers exercices d'introspection : avec une passion aveugle, l'amour de la dépense physique, le goût du risque permanent, un trac phénoménal et une absence totale de vanité. Il lui importe peu qu'on se souvienne qu'elle a été, sur scène, Violaine, l'Alouette, Alarica ou Mademoiselle de Sainte-Euverte. Le théâtre, c'est son miracle, c'est sa folie, c'est sa bouleversante illusion, exige de celles et ceux qui le servent le sacrifice de *tout* pour une rançon dérisoire : les applaudissements d'un soir qui précède l'aube oublieuse et ingrate. Avec la même rage d'atteindre à la perfection, elle a passé des années, les pieds dans les bottes, les mains déchirées, à transformer un champ de vaches normand en parc floral universel, à travailler la terre, à domestiquer les saisons, à inventer un paysage : superbe vocation condamnée par le temps, sans cesse menacée par le coup de vent, la tempête qui, en un instant, saccagent le tableau. L'on ne peut pas être plus artiste qu'elle, et pourtant Anne-Marie n'écrit pas, ne peint pas, ne crée rien qui soit gravé dans le marbre et puisse demeurer après elle; elle se prolonge dans l'immédiat, vit dans un univers qu'elle a fait de ses mains, organisé à son image. Elle s'applique avec la même rigueur à placer sa voix au théâtre, son corps à cheval, son décor sur un plateau augeron. Ce qu'elle obtient de plus beau est parfois ce qui se voit le moins : un silence cadencé entre deux phrases, l'imperceptible modelé d'une prairie, la délicatesse d'une épaule en dedans. Mais à l'heure des récompenses invisibles, quand elle quitte la scène après le tomber du rideau, quand le jour qui se couche ajoute à sa roseraie un orange inédit, quand elle sort, en sueur sous la bombe, de la carrière où son cheval lui a enfin donné ce qu'elle lui demandait depuis des semaines, un sourire paisible attendrit son beau visage de comédienne, de jardinière et de cavalière, c'est le sourire de celle qui, après s'être *rassemblée*, se ressemble.

Mais ces explications ne suffisent pas. C'est un secret bien gardé, la passion du cheval, c'est une version cavalière de la quête du Graal. Voyez ceux qui, du jour au lendemain, ont cessé de monter. Ils n'ont pas la nostalgie de la folie équestre parce qu'ils prétendent avoir déchiffré cette énigme. Ils sont en paix avec eux-mêmes. Alors, ils rôdent, en tenue de ville, dans les écuries comme dans une mémoire étrangère et, quand ils croisent un cavalier, s'étonnent de lui avoir été apparenté. Mais ils ont le corps lourd et l'âme en peine. Le rêve les a désertés. L'enfance les a quittés. Ils doivent désormais regarder la mort en face. Mon père, lui, galope toujours dans la forêt, il n'a abdiqué ni sa jeunesse, ni ses désirs, ni son amour exigeant de *la langue équestre*, il n'est même pas fatigué, il a encore rajeuni et il n'aura plus jamais peur, *jamais*, de tomber de cheval.

Carnet de bal

Aramis, Oreden, Minus, Looping, Vunou, Utopie, Sable, d'autres encore, aux regards et aux robes inoubliables mais dont les noms se sont égarés dans la mémoire confuse des complicités éphémères, des plaisirs d'un jour — un triple galop dans la baie du Mont-Saint-Michel ou un trot slalomé entre les marais salants de Noirmoutier —, je vous ai tant aimés. Où l'on constate que le cavalier est un cavaleur. Enflammé, prompt à s'extasier, vite séduit, donc infidèle. Il use d'ailleurs, par habitude, d'un lexique machiste et d'un vocabulaire sadomaso, lui qui monte, soumet, enrêne, échauffe, éperonne, cravache, travaille et dresse sa victime, de croupe au mur en courbette, de demi-tour autour des épaules en pirouette, et ne saurait négliger le changement de pied en l'air. Mais une passion ne chasse pas l'autre, elle s'ajoute à la précédente, elle est reconnaissante, elle fonde, en secret, une mémoire polygame.

Il faut imaginer un Lovelace gardant précieusement, entre ses cuisses que le temps a pourtant durcies et rendues insensibles à l'effort musculaire, le souvenir tactile de ses conquêtes et de toutes les émotions qui les ont accompagnées. C'est que chaque cheval procure un plaisir différent mais exige aussi, de celui qui l'obtient, des dispositions singulières. Don Juan est un séducteur itératif et machinal, qui rabâche avec succès ses mêmes mensonges, reproduit jusqu'à l'hallali son imparable technique de battue et de prise : appelons cela de la cynégétique amoureuse. Le cavalier, lui, doit chaque fois compter avec sa propre ignorance, il ne peut jamais répéter la méthode qu'il croyait universelle ni les lois d'une rhétorique cartésienne, fût-elle empruntée aux disciples de La Guérinière et de Baucher. Il aime toujours pour la première fois et n'oublie jamais qui, comment, pourquoi il a aimé.

Aramis était un portugais gris truité, gracieux et fin, qui avait le sang chaud et l'envie d'en découdre. Doué de la triple vertu équestre, il brillait au dressage (il mettait dans ses cessions à la jambe une délicatesse de dentellière), épatait à l'obstacle (on eût dit qu'il sautait haut par jeu, sans faire d'efforts, il fallait seulement le reprendre entre les barres sur la rêne extérieure pour le ramener, tel un enfant, à la raison) et crânait volontiers en promenade : sur la plage de Deauville, où il ne supportait pas qu'un rival passât devant lui, comme si cela réveillait la nostalgie de l'entier qu'il avait été et dont il ne voulait point abdiquer le prestige, il rongeait son frein et galopait en crabe, presque sur place, jusqu'au moment où je le laissais libérer, au jusant, sa redoutable véhémence. Rien, alors, ne pouvait arrêter sa course saccadée sur le sable humide, il était ivre du vent salé et de sa propre vitesse, c'était tellement communicatif que, certains soirs, nous fussions allés ensemble, les yeux fermés, sa longue crinière couleur perle chatouillant ma joue, jusqu'à Cabourg.

Minus, comme son hipponyme ne l'indique pas, était grand (1,70 m au garrot), lourd, puissant, bai brun et d'une émouvante maladresse. Il n'impressionnait que les néophytes. Au contraire, les connaisseurs riaient de ses boulets aux longs poils et de ses paturons épais qui tenaient du trait de halage, raillaient ses allures pompeuses et dégingandées, l'obstination ravageuse avec laquelle il bousculait ses camarades et détruisait, en trébuchant, une ligne de cavaletti sur laquelle de plus agiles que lui sautillaient comme des petits rats de Garnier. Rarement, un cheval m'aura autant ému que cet adorable escogriffe à l'équilibre improbable qui ne demandait qu'à bien faire mais n'en avait pas les moyens, que cet échalas à qui je dois des chutes ridicules à l'obstacle, des emballements de proboscidien sur la plage enneigée, en février, et d'involontaires croupades au beau milieu des nuits de fêtes estivales. À force de déraper dans la boue et de se prendre les pieds dans les barres de spa, il se mit un matin à boiter. Je cessai de le monter quand je découvris avec répugnance que, afin de le soulager pour quelques heures de ses douleurs et au mépris de toutes les lois équestres, un moniteur qui se prétendait instructeur lui faisait, à mon insu et avant chaque reprise, une piqûre d'analgésiques. Ce jour-là, je ramenai mon Minus dans son box avec colère et une infinie tristesse : j'avais mis fin à son supplice, mais je savais aussi que, sauf miracle, tout le destinait désormais à l'abattoir où vont mourir, quand ils appartiennent à des ingrats et ne paient plus leur picotin en séances lucratives de tape-cul, les chevaux de club sans emploi.

Vunou, un selle français souple et subtil, me parut bien petit après Minus, mais autrement plus conciliant. C'est avec lui que j'ai découvert, pour la première fois, le lent et solitaire plaisir de cette équitation où le cheval et le cavalier progressent ensemble, au quotidien, où la victoire est partagée, où chaque nouvel exercice réussi préfigure le suivant. En outre, pourvu qu'on l'accompagnât, il sautait bien. Une seule fois, en manège, ses antérieurs heurtèrent violemment les barres d'un oxer. Je chutai contre le pare-botte, la tête dans la sciure, et sentis, de toute sa masse, Vunou fondre sur moi. Il tenta de m'éviter, son ombre, lourde de quelque cinq ou six cents kilos, me recouvrit, un de ses sabots heurta soudain ma bombe, puis mon nez. Un quart de seconde, je crus ma dernière heure arrivée. Je me relevai groggy, le visage en sang, et remontai sur Vunou pour sauter ce maudit oxer. Ce n'était pas de la témérité, c'était plutôt du somnambulisme : comme si, en tombant de cheval en pleine action, j'avais résisté à la force d'attraction de la terre et poursuivi, en état d'apesanteur, une illusion d'immortalité. Comme si j'étais invincible.

Ce rêve d'appartenir à un autre ordre que celui des humains, d'être au-dessus des lois de la physique, d'échapper au gouvernement des joies et des paniques ordinaires, ce rêve s'est incarné un jour. Il s'appelait Looping, c'était un entier. Un mètre quatre-vingts au garrot, près d'une tonne de muscles sous la robe noire qui avait hérité de l'holstein, une ampleur impériale, une tête carrée, des yeux ronds et saillants, une crinière drue coupée en brosse, des épaules fortes, un arrière-train vigoureux, ce mélange inégalé d'athlétisme et d'élasticité : l'étalon hanovrien, dans sa dernière splendeur, quelques saisons avant le déclin de l'âge. Quand il fut amené au club hippique de Firfol, près de Lisieux, il avait déjà bien vécu et longtemps brillé dans de nombreux concours de dressage officiels. Pendant un an, j'eus le privilège de le monter et de découvrir le bonheur d'être son élève. Car Looping savait tout faire : aussitôt placé, vite rassemblé, il travaillait sur deux pistes avec une facilité déconcertante, changeait de pied au galop dans les diagonales sans le moindre effort et il exécutait même le passage en bondissant avec une grâce dont je savais bien qu'elle avait été apprise, qu'elle m'était offerte, qu'elle provenait d'un enseignement où je n'avais point ma part et dont j'étais, par hasard, l'heureux bénéficiaire, mais qui me ravissait.

Qu'un cheval si lourd fût capable d'une telle légèreté ajoutait à mon étonnement, à mon plaisir. Et que ce cheval tout-puissant contre lequel d'évidence je ne pouvais rien s'il lui prenait soudain l'envie de se débarrasser de moi et de courir la gueuse dans le bocage, répondît avec une telle précision, pour effectuer des figures savantes, à la moindre pression de ma jambe, à l'infime tension d'une rêne de bride, au chatouillis d'un éperon, à l'effleurement de la badine, bref aux invisibles chatteries de mes aides, pourtant bien imparfaites, me fascinait et m'émouvait à la fois. J'avais l'illusion de mener un rhinocéros avec un doigté d'arpète, de diriger un orchestre symphonique d'un simple battement de cils. Je n'ai jamais plus éprouvé, depuis, une telle sensation paradoxale de force alliée à la finesse, d'équilibre obtenu par l'union contraire de l'autorité et de l'abandon. Dans le manège, Looping dansait; en carrière, il planait. Au milieu de l'hiver, quand les pluies froides avaient transformé le sol en une épaisse, spongieuse et collante gadoue, il galopait droit et haut, comme insoucieux de ses points d'appui, télamon sans socle, pure figure de rhétorique, tandis que je survolais, grisé, le pays d'Auge.

Looping n'était plus un jeune premier, il figurait plutôt un vieux beau qui s'obstine à ne point déchoir, mais il avait gardé sa ferveur d'étalon priapique. Quand nous traversions les écuries, où je tenais ferme, pour comprimer la barbe, son mors de bride composé d'un gros canon et d'une gourmette très serrée, le fanfaron dressait la tête en hennissant, frimait de la croupe, jouait des épaules, claquait du fer, se cabrait, soufflait et sortait, victorieux, un braquemart d'anthologie : dans leurs boxes, les juments tressaillaient sur le passage de cet exhibitionniste vaniteux. Au printemps, sous l'œil ébaubi de jeunes cavalières rougissantes (sur ce point, tout laisse à penser que les hommes allaient, par la suite, beaucoup les décevoir), je montais chaque fois un cheval à cinq jambes. Continent par devoir, Looping dodelinait de son long pénis inutile avec un fatalisme qui touchait, pour moi, à la plus haute philosophie, celle des anachorètes de la Thébaïde qui ne font plus l'amour qu'en rêve, avec leurs souvenirs. Même lorsqu'il m'octroyait une impeccable épaule en dedans ou m'offrait de réaliser un olympique appuyer, ce bel étalon persistait à exhiber sa verge infatiguée, inemployée et métronomique, témoignant par là de cette singulière faculté qu'ont les entiers d'être, au même moment, consciencieux à la tâche et prêts à la saillie, scrupuleux et érectiles à la fois — en somme, des *hardeurs* brillant lors d'une soutenance de thèse. En forêt, où Looping négligeait son métier et goûtait soudain une manière de liberté surveillée, je devais sans cesse le retenir : l'animal sentait les juments au loin tel le paysan, le gros grain, et si, derrière les barbelés, je n'avais pesé de toutes mes forces sur le mors de bride en serrant les jambes, il eût mille fois rejoint ses dulcinées au pré.

Looping est parti un soir dans un van pour rejoindre son propriétaire en Île-de-France. Je ne l'ai plus revu, mais quand j'apprends, de la bouche d'un ami, qu'il continue, malgré son âge canonique, à rouler des mécaniques pour la galerie, à draguer sans espoir les jeunes juments, à manger comme quatre et à répéter, sans se plaindre, les plus belles figures de dressage, je me dis qu'il mourra au meilleur de sa forme et de sa fierté, qu'il n'aura jamais connu l'ennui de la retraite ni porté, sur ses épaules d'atlante, le poids terrible de la pitié, et cela ressemble à une vieillesse idéale.

Je croyais alors que je monterais beaucoup d'autres chevaux dont, fatalement, je tomberais fou amoureux. Je pensais que j'étais incapable d'être fidèle à un seul d'entre eux puisque j'étais reconnaissant envers tous, les bais et les gris, les alezans et les tachetés, les chauds et les froids, les complaisants et les rétifs, les m'as-tu-vu et les humbles, les sauteurs et les danseurs, sachant par cœur, jusqu'au creux de mes cuisses et de mes mains, ce qui les distingua, en toutes saisons, les uns des autres et me les rendit si précieux. Je rêvais parfois que, doués d'une prodigieuse mémoire ainsi que de la vertu de gratitude, ces silencieux amis conserveraient aussi, chacun à sa manière, dans la bouche et sur le dos, un peu du cavalier que j'avais été, de l'affection que je leur avais portée, des réconforts que je leur devais, des espérances que j'avais fondées sur eux, et il est vrai que ces souvenirs communs, sensibles, à fleur de peau, inviolés, composent désormais un concerto familier et rassurant que je suis seul à entendre.

Et puis, un jour encore ensoleillé d'octobre, il est arrivé au centre hippique du Brévedent, l'œil haut, droit, vertueux, humant cet air qu'il ne connaissait pas avec une curiosité enfantine et une élégance naturelle. J'eus aussitôt le coup de foudre pour ce trotteur français d'un beau bai qui avait, comme je les aime, la tête en col de cygne, l'épaule fine et le garrot haut. Eaubac était né à Sées, dans l'Orne, d'Oligo et de Mina du Vivier, laquelle descendait de deux cracks : Gélinotte et Carioca II. On voit par là qu'il était de bonne famille. Il se distinguait par son encolure rouée, une adorable tache blanche au milieu du front et une autre, coquine, laiteuse, au-dessus de l'œil gauche qu'on eût dit maquillé par une main artiste et négligente. Il n'avait pas cinq ans et ne savait rien faire sinon séduire en se plaçant. Sa jolie avant-main contrastait avec l'arrière-main, étique et sans muscles. D'évidence, on ne l'avait travaillé que *devant*, sans doute pour la frime, et il avait été trop longtemps laissé au pré, où ses reins et ses hanches s'étaient creusés, faisant sortir la pointe de la croupe.

C'est pendant ses premières semaines au Brévedent, semaines d'apprentissage et de découvertes respectives, qu'Eaubac m'a le plus attendri, intrigué, captivé. En promenade, en randonnée, en endurance, je lui montrais, en lui parlant beaucoup, en caressant son encolure raidie par la surprise, comment vaincre une panique sans objet, passer sans broncher devant une bâche secouée par le vent, ne pas faire d'écarts quand des freux s'envolaient dans les champs ou quand un chevreuil grimpait à nos côtés la colline de Blangy-le-Château, et aussi se tenir droit en descendant le long des pentes où il avait tendance à glisser sur les fers et les fesses tel un enfant. À l'obstacle, j'essayais de lui donner confiance, je le laissais aborder les barres au trot en lui concédant des rênes longues, je l'initiais au jeu en même temps qu'à la prouesse du saut. Et à l'école des aides, je lui apprenais à partir au galop, à sortir ses épaules et ses hanches, bref, à s'équilibrer. Il fallait compter avec le temps, ne jamais trop lui demander, se réjouir, en le flattant, d'un invisible progrès et toujours lui offrir, dans l'effort, une petite occasion de fuite. J'ai adoré l'aider à trouver tranquillement son identité, l'entendre m'accueillir, quand je venais le chercher dans son box, avec un reniflement de plaisir et, au terme de reprises délicates, sentir son chanfrein se frotter lourdement contre mon dos, maculer mon blouson d'une bave méritante, me pousser enfin vers la porte qu'il passait avec le sentiment jovial du devoir accompli. Ce jeune lovelace était un bon élève.

En quelques mois, Eaubac a forci, il s'est arrondi, aguerri, appliqué avec loyauté aux divers exercices de dressage. Il est, plus vite que d'autres, entré dans le rang de ces chevaux qui progressent sans génie, ne connaîtront sans doute jamais la gloire ni la vanité ostentatoire d'un Looping mais s'adonnent à leur métier à la manière des artisans dont le plus bel outil est la conscience du travail bien fait et la meilleure récompense, l'estime du cavalier doublée d'un repas fortifiant.

Désormais, au Brévedent, je ne montais plus que lui. L'hiver glacial nous avait contraints à ne travailler que dans le manège, où ses premiers galops, aussi puissants que maladroits, s'accommodaient mal du huis clos. Le printemps caniculaire qui suivit, et assécha toute la Normandie, nous précipita au contraire dans la forêt où il trottait clair et galopait calme. On était bien ensemble. Je lui faisais des confidences sous les futaies. Il me rassurait et m'excitait à la fois. Cela ressemblait à une histoire d'amour. Quand j'étais à Paris, il me manquait. Quand je le retrouvais, rien ne m'échappait de l'évolution de son comportement ou de son anatomie : ainsi, en six mois, la petite tache au-dessus de l'œil gauche avait rosi, elle s'était agrandie et entourait maintenant l'œil droit. Avec le temps, cette singulière dépigmentation de la peau, due à une carence en oligoéléments, figurait une paire de lunettes, d'aucuns s'en moquaient, je trouvais au contraire que cela lui donnait un charme supplémentaire. Plus que tout, je louais son caractère : vif mais pas nerveux, volontaire mais jamais pressé, tendre mais pas câlin. L'idylle avait son corollaire : la jalousie. Je souffrais en silence de voir d'autres cavaliers monter Eaubac et, convaincu d'être le seul objet de ses faveurs et la seule raison de ses réussites, trouvais naturel que la plupart d'entre eux s'entendissent mal avec lui. J'aimais Eaubac comme on aime à quinze ans. À la folie et très naïvement. Je suppliai Jean-Luc Coutable de me le vendre. En bon écuyer qui finit par se confondre avec sa monture, il leva la tête, s'ébroua, tourna en rond, résista, puis céda. Huit mois après son arrivée au Brévedent, Eaubac entrait pour de bon dans ma vie. Ce fut, au sens propre, mon premier cheval.

La propriété n'ajoute rien à la complicité, mais elle augmente l'inquiétude et rend soudain précautionneux. C'est comme si le cavalier était soudain doté d'un sixième sens. On guette sans cesse les coliques, craint la gourme, suspecte la grippe, chasse les parasites, apprend par cœur les téléphones du vétérinaire et de l'ostéopathe. On ne caresse plus seulement par affection, on tâte avec circonspection. Pour bien marquer qu'il venait de passer, deux jours auparavant, sous ma protection, Eaubac m'offrit, en guise de dot, un volumineux œdème sur l'encolure — en fait, une allergie à une piqûre d'insecte — et une fièvre de cheval. En d'autres temps, je l'eusse plaint à distance ; dorénavant, je souffrais à ses côtés, m'appliquais à le faire soigner, partageais, au bout du licol, sa convalescence. Dès qu'il fut guéri, nous partîmes longtemps et loin dans la campagne. Je trouvai à son galop chaloupé une grâce nouvelle, à sa manière d'esquiver les branches trop basses ou d'éviter les ornières une délicatesse dont je voulais croire qu'elle m'était réservée et comme un témoignage de gratitude à sa façon de s'orienter quand, ce jour-là, je me suis égaré au milieu des champs de blé et de maïs. Le privilège d'avoir son cheval se mesure à l'aune de cette liberté buissonnière mais aussi d'un bonheur permanent où le désir se nourrit de nostalgie : même à pied, même en ville, même à l'autre bout du monde, même en rêve, on continue de le monter et quand enfin on le retrouve, sa tête d'airain se frotte contre la vôtre, ses lèvres tendres chatouillent la main sucrière, et c'est comme si on ne l'avait jamais quitté.

*La seconde bataille d'*Hernani

Le 25 février 1830, *Hernani*, drame romantique que Victor Hugo venait d'écrire en un mois et à la hussarde, fut créé à la Comédie-Française avec, dans le rôle de la toute jeune Doña Sol, la célèbre Mademoiselle Mars, une tragédienne de cinquante et un ans qui ne goûtait guère les libertés stylistiques du dramaturge. Il est vrai que le vers était audacieux, l'alexandrin parfois fantaisiste, la forme dramatique soudain déliée de ses vieilles conventions et le spectacle de la passion, sans retenue.

Le soir de la première, les traditionalistes hurlèrent au sacrilège et le public bourgeois renâcla. Mais, bien orchestrés, les applaudissements de l'avant-garde romantique et les cris de joie des amis, parmi lesquels Dumas, Nerval et Balzac, couvrirent les lazzis des intégristes et inversèrent la rumeur. « Tout ce qui était jeune, vaillant, amoureux, poétique reçut le souffle de la pièce », raconta l'hugophile Gautier. C'est ce soir-là que la bataille d'*Hernani* fut gagnée même si, bientôt interdite par Napoléon III, la pièce dut attendre 1877,

Sarah Bernhardt et Mounet-Soully, pour s'installer dans le confort de l'éternel succès.

Il faut faire l'effort d'imaginer que Paris brillait encore par ses querelles d'écoles. En littérature, au théâtre, en peinture mais aussi en équitation, tenue alors pour un art à part entière, tout était prétexte pour enflammer les esprits et opposer, dans les gazettes, les cafés et jusque sur le pré, les Anciens aux Modernes, les héritiers aux novateurs, les birbes autoritaires aux insolents cadets. Alors que la bataille d'*Hernani* faisait rage dans la maison de Molière, une autre guerre, aussi spectaculaire, se préparait. Elle allait voir s'affronter, autour d'une même passion, deux écuyers, deux styles, deux écoles, et marquer, de manière révolutionnaire, la fin d'une époque, le début de la nôtre.

D'un côté, il y avait le comte Antoine Cartier d'Aure. Né à Toulouse en 1799, ancien de Saint-Cyr, formé au Manège de Versailles par le vicomte d'Abzac, écuyer cavalcadour de Louis XVIII, Charles X et Napoléon III, il finit par arracher à son rival, en 1847, la charge suprême d'écuyer en chef à l'École de Saumur avant de devenir inspecteur général des haras.

De l'autre, on trouvait François Baucher. Né à Versailles en 1796, initié à l'équitation en Italie où son oncle, époux de Pauline Bonaparte et prince de Sulmone, était l'écuyer du prince Borghèse, nommé piqueur à la Maison du duc de Berry, il dirigea un manège au Havre (où il eut, montant un cheval acheté à la foire et nommé Bienfaisant, la révélation qu' « il n'y a pas de bouches dures, il y a des chevaux lourds à la main dans le principe, que l'on rend facilement légers »), reprit celui qu'Antoine Franconi avait créé à Rouen, puis fit connaître ses talents au Pecq, à Berlin, à Venise, à Milan et à Lyon (là, il donna des cours au futur général L'Hotte, qui allait devenir son plus fidèle disciple et son biographe) avant d'écrire une méthode célèbre qui, pour compter des adeptes chez les militaires, n'en fut pas moins interdite dans l'armée.

En cet hiver de 1830 où Victor Hugo croisait le fer avec les ancêtres, le comte d'Aure venait de démissionner du Manège de Versailles pour en fonder un, rue Duphot ; quant à Baucher, il avait publié sans succès un *Dictionnaire raisonné d'équitation* et il s'apprêtait à quitter Rouen pour Paris afin de présider, avec Jules-Charles Pellier, aux destinées d'un manège concurrent, situé faubourg Saint-Martin.

D'Aure, dont la famille était alliée aux comtes de Toulouse, d'Aragon, de Comminges et de Grammont, avait pour lui la naissance, la gloire, les grandeurs d'établissement et les armes. Baucher était au contraire d'origine modeste ; son père était boucher. Il prétendait au seul titre de « saltimbanque ». Invoquant Shakespeare et Molière qui « n'avaient pas craint de jouer eux-mêmes leurs œuvres », il s'exhibait sous les chapiteaux que son ennemi méprisait : « Moi, lui opposait-il avec bravade, je me fais voir pour dix sous. » À ce prix-là, il offrait des pirouettes au galop sur trois jambes, des pirouettes au piaffer, jusqu'à des passages et des galops en arrière. En 1855, la chute d'un lustre sur la piste du cirque des Champs-Élysées écourta sa carrière. Les jambes brisées, il ne parut plus jamais en public mais continua pourtant, pendant quinze années, de monter à cheval.

D'Aure, grand cavalier d'extérieur, préconisait une monte classique, naturelle, usuelle, énergique, impulsive, l'usage permanent de la poigne, des jambes, des gourmettes à pointes d'acier et des éperons acérés. Paul Morand en déduisit à juste titre qu'il était « un partisan du perçant ». Face à cet écuyer académique qui voulait que le monde civil se pliât aux lois des écoles militaires et se moquait bien qu'on fît faire, sur un champ de bataille, des appuyers à des chevau-légers, Baucher figurait un artiste moderne ignorant le protocole, la guerre, la violence et les charges de sabreurs. « Ce noble animal, écrivait-il dans la préface de sa *Méthode d'équitation*, est celui dont l'homme a le plus abusé, et les moyens dont on s'est servi pour le soumettre trahissent l'ignorance autant que la brutalité. »

Ayant compris qu'il fallait substituer, aux forces instinctives du cheval, les forces transmissibles, il inventa les changements de pied, travailla sans relâche à l'équilibre et aux flexions du cheval, substitua aux mors durs et coercitifs (il les appelait « les instruments de torture ») un tout simple, très léger mors de bridon, prôna l'emploi subtil de rênes demi-tendues, bannit l'éperon (il le jugeait aussi dangereux qu' « un rasoir dans les mains d'un singe »), et définit le célèbre principe de l'emploi des aides : main sans jambes, jambes sans main. Après quoi, disait-il, peut vraiment commencer « le travail en pantoufles ». L'un combattait les résistances de l'animal, l'autre les abolissait. On voit par là que l'aristocrate faisait de la prose et le roturier, de la poésie. « La légèreté, toujours la légèreté, affirmait ainsi Baucher, c'est la pierre de touche, la pierre philosophale, c'est toute l'équitation, en un mot, c'est l'équilibre ; c'est une poutre que des ouvriers sont arrivés à placer de manière que, se soutenant d'elle-même, un enfant puisse la changer de position. »

D'Aure était l'héritier de la chevalerie, des tournois homériques, des destriers pompeux, des carrousels royaux, des Mousquetaires du roi, des Gendarmes de Lunéville, bref, des cavaleries de mecs qui vont de l'avant sans se retourner, saignent volontiers les flancs des chevaux et tirent sur leur bouche comme un marin sur une drisse de grand-vergue. Baucher, « le génie équestre le plus exceptionnel qui ait jamais existé » selon le général L'Hotte, inaugurait au contraire ce qu'on pourrait définir comme le siècle des femmes, ces reines incontestées du dressage de haute école, et le gouvernement des centaures de chapiteaux — des Franconi aux Zingaro — qui œuvrent, en silence, dans l'élasticité, la légèreté et l'apparente décontraction.

Nul n'avait jamais vu, jurait L'Hotte qui parlait de son maître comme d'un magicien, « un cheval se défendre sous lui ». C'est que d'Aure situait la force du cheval dans son avant-main, et s'y abandonnait, tandis que Baucher, ce Newton de l'équitation, découvrit « dans l'arrière-main la clé du réduit » (Paul Morand) et l'invisible socle de son équilibre. Il venait de fonder un art équestre qui n'allait plus connaître, après lui, que d'infimes variations, de petits accommodements. (En somme, tout bon cavalier qui, sans être un écuyer, travaille aujourd'hui son cheval en douceur, l'assouplit des hanches à l'encolure, s'applique à le placer, est un bauchériste qui s'ignore.) Aujourd'hui, d'Aure vivrait sans doute à Saumur, le second, à Aubervilliers. L'un dans un pavillon de fonction, l'autre dans une caravane. L'harmonie du militaire et du civil serait d'ailleurs fondée sur une indifférence réciproque.

Mais en 1840, la querelle des deux écuyers, l'Ancien et le Moderne, devint une affaire d'État. C'est que les deux hommes guignaient la charge suprême à l'École de Saumur et chacun voulait voir sa méthode appliquée dans l'armée. Ils se disputaient à la fois un titre prestigieux, un immense pouvoir et le monopole de l'enseignement dans la cavalerie. Si d'Aure avait l'avantage de sortir du rang, Baucher avait le privilège de plaire aux militaires. Un chapitre entier de sa *Méthode d'équitation* est d'ailleurs consacré à résumer les rapports officiels et dithyrambiques, signés par des chefs d'escadron de Saumur ou des officiers de la garde municipale, que le « saltimbanque » avait reçus en faveur de ses théories. Elles s'arrachaient en librairie. Car chacun des deux protagonistes y allait de sa prose, voire de son libelle. D'Aure publia un *Traité d'équitation* suivi d'*Observations sur la nouvelle méthode d'équitation*. Baucher augmenta aussitôt sa *Méthode d'équitation basée sur de nouveaux principes* d'un bref factum : *Réponse aux observations de M. d'Aure sur la nouvelle méthode d'équitation*, où il raillait « la routine et les préjugés » de son rival. En une seule année, ce livre fut réédité quatre fois et traduit dans plusieurs langues — à la mort de Baucher, en 1873, la librairie militaire de M. Dumaine, sise passage Dauphine, affichait quatorze éditions.

Fomentée dans les écuries et déclarée dans les librairies, la guerre ouverte gagna les journaux, les cafés, les salles de spectacle, les salons littéraires, les ateliers d'artistes, les châteaux et jusqu'à la Cour. Dans l'entourage de d'Aure, quand on ne traitait pas Baucher de plagiaire (on prétendait avoir trouvé chez lui du Pluvinel et du Newcastle), on l'accusait d'esthétisme superflu, on lui reprochait de définir une équitation impraticable et non transmissible, on le suspectait même de lâcheté au prétexte qu'il restait confiné en huis clos et ne montait jamais « au-dehors ». Autour de Baucher, on jugeait d'Aure sectaire et primaire, on en parlait comme d'un bourreau de chevaux et on considérait ses théories comme de vulgaires tautologies.

Les bataillons se formèrent. Dans le camp des *traditionalistes*, fidèles au comte d'Aure, on trouvait le duc de Nemours, le duc d'Aumale, les élèves de l'École de Versailles, les manèges du Luxembourg et de la rue Duphot, la jeunesse dorée du faubourg Saint-Germain, Alexandre Dumas, les banquiers, le journal *Les Débats* et une partie du Jockey-Club menée par Lord Seymour.

Dans le camp des *modernistes*, adeptes de François Baucher, on remarquait le duc d'Orléans, le prince Eugène de Beauharnais, les manèges des rues Saint-Martin, Sainte-Cécile, Pellier et de Fitte, le général Oudinot, Lamartine, Eugène Sue, Delacroix, le journal *Le National* (où, par provocation, d'Aure s'écrivait sans particule, devenant ainsi « Monsieur Daure ») et l'autre partie du Jockey-Club conduite par le comte de Miramon. Sans oublier Gustave Flaubert, qui prétendait avoir essayé d'appliquer au style « la méthode Baucher, le système de l'équitation à l'écurie et de la pile en place » jusqu'à s'y « casser les reins ». Il introduisit d'ailleurs la fameuse querelle dans *L'Éducation sentimentale* (deuxième partie, chap. IV), où Frédéric Moreau défend le comte d'Aure contre Cisy, qui soutient l'écuyer du cirque Franconi.

D'esthétique, le conflit devint social : au Cirque olympique, les bauchéristes firent siffler les d'auristes, surnommés « les perruques ». C'est qu'ils avaient trouvé, en François Baucher, leur héros et tenaient sa méthode pour une des conquêtes des Trois Glorieuses. « Ils acclamaient, dira le général

Decarpentry, un fils du peuple parvenu sans maîtres à la maîtrise et faisaient la nique aux émigrés survivants de Versailles. » C'est dans ce climat insurrectionnel qu'éclata la seconde bataille d'*Hernani*.

Le général Oudinot ne sachant pas, des axiomes du comte d'Aure ou des principes de François Baucher, lesquels devaient être appliqués dans la cavalerie française, il décida de confier le sort de notre armée au tribunal de cette justice qu'on appelle immanente. Il avait un allié en la personne de Lord Seymour. Ce dernier possédait un cheval de trois ans, Géricault, qui avait tellement fait tomber de cavaliers émérites que nul ne voulait plus se risquer sur son dos. Lord Seymour offrit publiquement la monture récalcitrante à celui des deux rivaux, ou de leurs deux meilleurs élèves, qui ferait le tour du Bois sans être désarçonné. Le courageux vicomte de Tournon porta en vain les armes du comte d'Aure et l'oriflamme de la tradition : il se retrouva dans le pâturin, les quatre fers en l'air et le rouge de la honte au front. Le comte de Lancosme-Brèves, qui arborait le blason bauchériste et le gonfalon du *modern style*, triompha, mais sans gloire : une petite troupe de cavaliers amis serrait en effet Géricault de si près que l'animal ne pouvait dérober. Les observateurs estimèrent que le match était donc presque nul.

1842 allait s'endormir d'ennui quand, soudain, Monsieur Baucher soi-même fit savoir qu'il présenterait six semaines plus tard l'indomptable

Géricault au Cirque des Champs-Élysées et témoignerait, en selle, de l'efficacité de sa méthode. Dès lors, à Paris, il ne fut bon bec que de ce nouveau défi. Dans la presse d'auriste, on racontait que Baucher allait à l'échec, que, par crainte de se ridiculiser, il assommait le cheval rétif de puissants soporifiques, qu'il le privait de nourriture et de sommeil. Dans les journaux bauchéristes, on expliquait au contraire que la science du maître était si exacte que trois semaines lui suffiraient à faire de Géricault un cheval d'école.

Le soir du Gala, le Cirque refusa du monde. On retrouvait, dans les loges louées pour la saison, les mêmes élégantes, les mêmes bourgeois, les mêmes artistes (Delacroix, Eugène Sue, Dumas), les mêmes journalistes qu'à la générale d'*Hernani*. Il convenait seulement d'y ajouter le général Oudinot en statue du Commandeur, le vicomte de Tournon appuyant sur sa canne l'humiliation de sa chute et, le nez dans une tabatière, le pied nerveux et l'œil inquiet, le comte d'Aure qui jouait, dans l'ombre, son propre salut. Jusqu'au duc d'Orléans, qui n'aurait pour rien au monde manqué l'événement.

En grand uniforme, le sabre au côté et le bicorne à la main (toujours cette tenace envie de séduire les militaires !), François Baucher fit son entrée en musique et, sans que Géricaut manifestât la moindre résistance, se lança sur la piste circulaire dans « un galop coulant » pour offrir au Tout-Paris ébaubi une voluptueuse série de pirouettes, appuyers et changements de pied. Au salut final, les d'auristes quittèrent le Cirque en piteux état et, pendant que l'orchestre jouait *La Parisienne*, Baucher fut ovationné par la foule qui consacrait ainsi la victoire des libéraux et des romantiques sur « les perruques ». Théophile Gautier pleurait de joie. Par superstition et pour l'occasion, il avait revêtu le gilet rose qu'il portait, douze ans plus tôt, à la création d'*Hernani*. Baucher venait de libérer l'équitation comme Hugo, le vers dramatique. La postérité ne leur réserva pas le même sort.

Pendant l'hiver de 1873, le général L'Hotte rend visite à son maître Baucher, qui agonise chez lui, rue Amelot. Cela fait quinze jours que le fondateur de toute l'équitation moderne, étendu sur son lit, ne mange plus. Le génie est presque aveugle. Ses jambes, blessées vingt ans plus tôt, le font atrocement souffrir. Sa voix est très faible. L'Hotte s'approche de ses lèvres épuisées. Baucher lui murmure : « Travaillez le bridon avec suite, vous verrez qu'il est plein de bonnes choses. Que la résistance soit en haut, en bas, à droite, à gauche, partout le bridon donne le moyen de la dominer. Le bridon, c'est si beau ! » À cet instant, Baucher prend la main de son élève, la main de bride, il l'immobilise dans la bonne position, dit : « Rappelez-vous toujours ça », puis il la rapproche de sa poitrine et ajoute : « Jamais ça ! » Un cavalier paralysé qui va mourir et trouve en lui assez d'énergie pour faire, une dernière fois, l'éloge du bridon est fin prêt à galoper jusqu'au ciel. Ce n'est plus une balade, c'est un emballement. Le dernier.

Quelques personnes seulement, une maigre poignée de fidèles dont Victor Franconi, accompagnèrent, sous la pluie du 15 mars 1873, la dépouille de l'écuyer à la fosse commune du Père-Lachaise. Au contraire, l'écrivain eut droit, en 1885, à des obsèques nationales. On peut visiter Victor Hugo au Panthéon mais l'on chercherait en vain, dans les dictionnaires, le nom de François Baucher, qui a inventé la science équestre et dont nul, désormais, ne s'occupe de célébrer l'art. Un art qui n'a pas laissé plus de traces tangibles, il est vrai, que celui de Mademoiselle Mars, tragédienne française. Le prestige des cavaliers et la gloire des comédiens ont ceci de commun qu'ils ne se visitent plus, après qu'ont disparu leurs derniers admirateurs.

Les chevaux d'orgueil

Sous le château en tuffeau du roi René d'Anjou et un soleil rose pineau de fin d'été, la bonne ville de Saumur dort au creux du lit sablé de la Loire. On jurerait, en arrivant par la route qui longe le fleuve assoupi, qu'elle n'a pas changé depuis que Balzac décrivit, dans *Eugénie Grandet*, les manœuvres spéculatives, les stratégies matrimoniales et les « principes de mélancolie » qui, entre l'île Offard et les Ardilliers, ont raison de l'amour.

Et pourtant, la vieille cité protestante, longtemps surnommée la seconde Genève, n'est plus vraiment la même ; celle qui réunissait, par atavisme, « l'esprit cavalier, le culte de l'homme, l'amour du risque, le mépris de l'argent », autant de vertus exaltées par Paul Morand, a sacrifié aux temps modernes les chevaux qui l'avaient fait entrer en musique, en harnachement de gala, et au piaffer, dans la légende des siècles. Il y a dix ans, l'École royale de Cavalerie a en effet cédé ses murs à un régiment de blindés. Et le célèbre manège des Écuyers est vide où, après avoir signé une entrée remarquée par le Pavillon Condé, la duchesse de Berry applaudit, en 1828, le premier carrousel de Saumur. Tout de blanc vêtu, il figure désormais, dans un silence de chartreuse et un nuage de myrrhe, la nef d'une cathédrale désertée par les derniers fidèles.

La capitale du cheval ne sent plus le cuir, ni le crottin. On ne voit plus briller sur le parvis de l'École Saint-Pierre, où la messe était célébrée pour l'École au complet et son général en grand uniforme, les boutons dorés des dolmans ni les yeux clairs des écuyers dont les jeunes filles à marier des châteaux Renaissance d'Anjou s'efforçaient, sous leurs chapeaux à fleurs, d'attirer l'attention par des airs empruntés de cantinières en permission. Les coups réguliers, séculiers et théâtraux de la maréchalerie, d'où sortaient, rougis à la forge et dessinés à l'enclume, les mocassins de fer que les chevaux allaient garder pendant quatre ou cinq semaines, ne résonnent plus, comme la cloche de l'église rythme l'heure provinciale, sur la pierre royale des Écuries. La ville est devenue un musée où, comme sur les gravures d'antan, pesades et croupades sont pétrifiées dans un temps arrêté, un mouvement immémorial.

Désormais, il faut monter jusqu'aux plateaux de Terrefort et de Verrie pour entendre l'obsédante musique du petit galop d'un selle français sur la terre sèche et admirer, dans la grande carrière, les ombres dansantes et alezanes des anglo-arabes si bien *rassemblés*. On est à l'École nationale d'Équitation (E.N.E.), un établissement public placé sous la tutelle du ministère de la Jeunesse et des Sports qui s'étend sur quelque trois cents hectares. Les bâtiments sont modernes et les écuries, fonctionnelles. Il y a un immense manège néo-goudien de quatre-vingts mètres sur trente. Et l'on ne compte pas la clinique vétérinaire ni le bureau des recherches où est installé, face à un écran, l'étonnant simulateur équestre né du programme informatique Persival — je l'ai testé sur un parcours hippique : ce sont, des jambes aux mains, les sensations exactes de l'équitation, moins l'excitation du danger et la rage de réussir ; ce n'est donc plus vraiment de l'équitation. En vérité, Saumur n'est qu'à six kilomètres et pourtant, l'on se sent ici à mille lieues de sa mythologie.

Et pour cause : survivance luxueuse de temps révolus, le Cadre noir a été intégré à l'E.N.E. en 1972, au lendemain d'une mémorable soirée de gala où le Cadre noir, sous la conduite du colonel de Saint-André, père de l'insoumise Alix, offrit à la reine Élisabeth II une reprise d'autant plus belle, mélancolique et fière, qu'elle signait, en délicates lettres de sciure, l'adieu de ces officiers d'élite à l'armée et leur entrée, suspicieuse, dans le monde civil. Les vingt-quatre écuyers qui maintiennent aujourd'hui la tradition académique de la Haute École appartiennent à une institution où travaillent quelque deux cents permanents et que dirige M. Christian Cambo, en charge d'un budget annuel de quarante-trois millions de francs. Dans cette université équestre qui accueille chaque année plus de six cents stagiaires français et compte plus de quatre cents chevaux, on forme les cadres supérieurs de l'équitation, on prépare aux épreuves des brevets d'État d'éducateur sportif, on organise des préparations aux compétitions, on délivre même, en liaison avec la faculté d'Angers, une maîtrise dont l'intitulé eût amusé Queneau : « Enseignement et gestion de l'équitation », et l'on se dit clairement tourné vers l'an 2000. La nostalgie n'est plus ce qu'elle était. D'ailleurs, sur les hauteurs de Terrefort, on parle de Saumur en disant « en bas ». Sans mépris, avec fatalisme. C'est, à l'heure du nucléaire et des F16, le prolapsus d'une gloire militaire périmée.

L'École de cavalerie italienne de Pignerol et de Tor di Quinto a disparu en 1943 et l'École espagnole de Vienne, célèbre pour ses lipizzans blancs, a échappé de peu au même sort. Il y a vingt ans, il fut aussi question de supprimer le Cadre noir, jugé anachronique, inutile, et trop coûteux. Il ne dut d'être sauvé qu'à la vocation diplomatique et promotionnelle que l'État, aussitôt, lui attribua. Le prestige étant désormais monnayable, le Cadre noir figure le corps de ballet et l'ambassadeur de l'École nationale d'Équitation à travers le monde.

L'écuyer en chef du Cadre, le colonel Carde (une telle anagramme, ça ne s'invente pas), qui a rang d'adjoint au directeur de l'École, sait qu'il doit composer avec son époque. Il a les yeux bleus, le visage acéré, le profil maigre, le menton autoritaire et les coudes au corps qu'on prête, depuis toujours, aux seigneurs de Saumur, à ces prélats de manèges qui portent, de la tête aux bottes, le deuil de l'hédonisme et de la compromission. Ancien de Saint-Cyr et disciple du grand Nuno Oliveira, cet homme qui fut champion de France de dressage en 1979, aligne avec fierté seize années sous la tunique noire. Il sait qu'il abandonnera sa fonction en février 1999 et accepte de bonne grâce les lois que « la tutelle » lui impose. « Je dois maintenir la tradition de ce corps d'élite, mais nous ne devons pas non plus être un musée vivant, consent-il. Le Cadre noir évolue logiquement avec l'époque. Le meilleur exemple est le recrutement : longtemps notre formation ne fut composée que d'hommes et de militaires. Aujourd'hui, elle compte deux femmes dans ses rangs et douze civils, c'est-à-dire la moitié des effectifs. Bientôt, il n'y aura même plus un seul militaire... » Une imperceptible moue se dessine pourtant aux commissures des lèvres sèches, où passe la fierté menacée du dernier héritier d'un ordre révolu.

Mais c'est lors de ses prestations publiques qu'on mesure le mieux la mutation du Cadre noir. Finis, les carrousels dans les sous-préfectures, les figures pour seuls initiés, les reprises de sauteurs dans ce que son producteur, parce que le Cadre a aussi un producteur, appelle « des manèges obscurs ». Le purisme équestre est à rude épreuve, l'intégrisme saumurois n'est plus à la mode. À Bercy, la vieille académie se donne maintenant en spectacle, et même en « opéra » : des tableaux historiques sont mis en scène par Olivier Panhys, le coordonnateur du Lido, éclairés par l'inévitable Jacques Rouveyrolis, accompagnés par l'Orchestre symphonique de Paris, et chantés par Julia Migenes. Budget de la dernière opération de ce type : neuf millions de francs. Partenaires officiels : le groupe Triplex, spécialisé dans le bricolage, et Chrysler Jeep. Il y en a assez pour faire se retourner dans leurs tombes le général L'Hotte, le commandant Dutilh, le général Wattel ou le général Decarpentry qui, chacun à sa manière, donnèrent au Cadre noir son protocole, ses principes équestres, et son ordonnance morale. Calme, en avant et droit.

Aux portes de Saumur, retiré dans sa maison et son équine mémoire, un homme de quatre-vingt-quinze ans qui tient de la statue du Commandeur caresse, avec un pinceau d'aquarelle et une plume encre de Chine, le rêve perdu d'un Cadre noir mythique. Il s'appelle Georges Margot, il est né à Versailles en 1902, il a servi dans un régiment de Dragons, il a participé en 1936 aux jeux Olympiques, il a été affecté au Cadre noir l'année suivante, il a connu, après s'être battu, la captivité en Allemagne, et il a été nommé, le 1er février 1946, instructeur en chef d'équitation à Saumur pour y rétablir le manège de l'École de Cavalerie. Depuis 1958, date à laquelle ce disciple du général L'Hotte a présenté son dernier carrousel, le colonel Margot dessine sa passion avec un soin de miniaturiste et enlumine ses souvenirs.

D'une main de cavalier, légère et ferme à la fois, nuancée et précise, sensible et exigeante, il immortalise les grands maîtres, tels Baucher, le comte d'Aure, les généraux L'Hotte et Decarpentry, reproduit avec délicatesse toutes les figures de haute école, du passage au piaffer, mais aussi les phases du saut, compose autour de l'École de Versailles, de l'Académie protestante, de scènes d'attelage et de courses, de merveilleux tableautins, et il n'aime rien tant — dans la belle tradition des traités d'équitation du XVIIIe siècle — que détailler jusqu'à la maniaquerie les couleurs d'un uniforme, d'un tapis de selle, d'une robe, la forme d'une bride, la qualité d'un cuir de troussequin ou les préciosités d'une lanterne de petit duc.

Tout en panache, en faste cérémonieux, en âpreté militaire et en silencieux rêves de gloire, le monde est mort que peint, pour le sauver de l'oubli, le colonel Margot, plus seul encore d'avoir survécu au siècle, nostalgique impeccable d'un prestige périmé, n'en finissant plus de prolonger sur la page blanche, où s'exprime toujours ce que L'Hotte appelait « le tact équestre », les appuyers et les trots en extension que le vieil homme ne peut plus désormais effectuer à cheval. « Nos présentations, disait-il à ses écuyers quand il les dirigeait, doivent garder une marque de discrétion et de simplicité qui ne peut cadrer avec une réclame tapageuse. » On voit par là que les temps ont changé.

Quand on demande au colonel Carde s'il ne pense pas que cette évolution puisse tourner à la trahison, il répond, à la manière des cavaliers d'obstacles devant un monumental oxer carré, que le danger existe, mais il ne le craint pas. « C'est vrai, au début des répétitions pour Bercy, j'ai eu du mal à me faire à l'idée que je devais accepter les règles et les conseils d'un "metteur en scène", et puis finalement, tout s'est très bien passé. Je ne crois pas, d'ailleurs, qu'il y ait une hiérarchie dans l'équitation. Voyez, par exemple, Lucien Gruss, Mario Luraschi, et Bartabas. Ce sont des gens de spectacle très différents les uns des autres, mais je veux croire que nous pratiquons tous la même équitation, avec la même passion, la même exigence. »

Ainsi, malgré tout, l'art demeure, et il est magnifique. Saumur n'est plus à Saumur, le Cadre noir succède à Johnny Hallyday sur la scène de Bercy, et les écuyers se déguisent même en hussards de carnaval et en cosaques improbables sous une neige artificielle, mais la haute école équestre dont ils sont les descendants résiste aux marchands du temple. Il suffit de les voir évoluer dans le grand manège pour retrouver aussitôt la marque Saumur : finesse, légèreté, harmonie des attitudes, uniformité des allures, rigueur des tracés, équilibre parfait. Les mains, les jambes, le bassin aux impulsions invisibles confèrent au cheval travaillé la noblesse des mouvements naturels et métamorphosent en apparente sérénité une redoutable énergie. La reprise des écuyers, si elle ne cherche pas la grâce, si elle préfère la science à la virtuosité, la tradition à l'imagination, si elle bannit les surprises de l'amour chères à Bartabas au nom d'une étiquette imposée par La Guérinière et l'École de Versailles, perpétue pourtant un art qui a longtemps fait briller la France et imposé son style, clair et net, depuis que, au XVIe siècle, Duplessis-Mornay et Monsieur de Saint-Vual fondèrent à Saumur la première académie d'équitation. Plus tard, Louis XV confia au duc de Choiseul le soin de réorganiser la cavalerie et de construire sur le Chardonnet, pour les carabiniers du roi, « la plus belle école du monde ». Détruite à la Révolution, vidée de ses troupes par Napoléon qui voulait des chevaux puissants en campagne et au combat, pas des artistes en représentation, elle ne fut rétablie qu'en 1824. Louis XVIII coiffa alors les écuyers du chapeau de manège puis Louis-Philippe les habilla de noir. (Souvent, la monarchie annonce la haute couture.)

Passages cadencés, piaffers régaliens, appuyers au trot d'une douceur exquise, pirouettes au galop : on succombe à la courtoisie des cavaliers qui feignent de réaliser avec facilité les exercices les plus ardus. Mais Saumur ne serait pas Saumur sans les fameuses courbettes, cabrioles et croupades (montées ou à la main) qui, depuis l'École de Versailles, ont fait la légende de notre équitation. « Toutes les fois, écrivait Xénophon, qu'on saura l'amener à faire ce qu'il fait de lui-même lorsqu'il veut paraître beau, on trouvera un cheval qui, travaillant avec plaisir, aura l'air vif, noble et brillant. » Qui n'a pas observé, dans les prés, des chevaux qui lèvent leurs antérieurs à la presque verticale ou ruent en étendant leurs postérieurs au-dessus de l'horizontale ? Ces mouvements ludiques, ces gestes d'aisance et de liberté, les chevaux les exécutent ici à la demande tandis que, peu à peu, l'écuyer semble disparaître comme, devant l'art, la science s'incline et la technique s'efface. Harnachés de blanc, sellés de velours, la queue tressée, le mors de bride de gala brillant de tout son or et frappé du soleil de Louis XIV, ils sont à la fois endimanchés et en liberté : on dirait des champions olympiques sautant en smoking.

À Saumur, plus qu'ailleurs, l'on sait bien qu'il faut à l'écuyer des années de travail dans l'ombre poussiéreuse des manèges pour obtenir, de son cheval, une pareille complaisance, une telle crânerie. Quand l'homme et l'animal forment alors un couple indissociable, le premier sort son bel habit à basques noires rehaussé d'aiguillettes, met son *lampion* sur la tête, natte la crinière du second, l'habille d'amarante, de parme, et d'or, puis, ensemble, ils vont rejoindre le carrousel, cette exposition d'un art que les gentilshommes français, parmi lesquels Salomon de La Broue et Antoine de Pluvinel, ont rapporté jadis des guerres d'Italie et qui a perduré, ce tableau vivant signé d'une main anonyme et entouré d'un indémodable cadre noir.

L'étalon noir d'Aubervilliers

Au 176 de l'avenue Jean-Jaurès, artère encrassée, carotide fatiguée d'Aubervilliers, le télégraphe-sémaphore du théâtre équestre Zingaro dirige par grappes, à la nuit tombée, les rescapés essoufflés de la grande ville et du bus 152.

Miracle : passé la grille bancale, on devient sourd aux sirènes de police, aux klaxons des voitures, aux flashes d'information et aux modes. À pas lents, précautionneux, on entre dans le XIXe siècle, sur la place pavée et boueuse du Cirque olympique où l'écuyer Franconi donna jadis à Géricault des leçons de maintien et lui enseigna l'alchimie du galop.

Dans l'ombre portée des décors de *Mazeppa*, la foule des citadins-pèlerins pénètre un temps oublié, bientôt archéologique, celui de la civilisation équestre. Au cœur d'un terrain vague de la banlieue Nord, Martex, alias Bartabas, règne sur un univers où l'homme et le cheval voyagent, travaillent, mangent, jouent, naissent et meurent encore ensemble ; autrefois, rêvant d'un galop ailé, ils se faisaient même enterrer côte à côte. Chez Zingaro, on exalte la nostalgie du centaure, qui était notre aïeul avant de devenir une légende. Parfois, Bartabas la réveille en pissant dans les boxes, en dormant sur la litière de ses lusitaniens, en partageant le repas de ses anglo-hispano-arabes : carottes, grains d'avoine, maïs d'ensilage, et caresses.

Sur le pavé, un grand feu finit de se consumer. Des mains rieuses s'y réchauffent, des enfants courent, crient, excités par l'hiver et ces cloches mystérieuses qui annoncent, dans l'obscurité, l'imminence des festivités. Escortés par des oies menaçantes, les mille deux cents spectateurs quotidiens avancent en procession parmi les roulottes aux fenêtres allumées, les carrioles, de vieilles décapotables américaines, dont la Plymouth grenat du maître, un bus échoué et lifté de la R.A.T.P., d'improbables potagers où poussent, au milieu des orties, les légumes maigres des gens du voyage. La chienne Andora aboie, la caravane passe. Elle glisse alors sous le narthex d'une superbe cathédrale de bois clair. Pour atteindre le chœur de la piste circulaire, les processionnaires empruntent des mezzanines et traversent, à la hauteur des lustres recouverts de toiles d'araignée, la nef des écuries où, tandis que monte une religieuse odeur d'encens et de cuir, les mors cliquettent, les fers claquent, les naseaux sifflent et fument dans la poussière d'hiver.

Il y a là toute la cavalerie de Bartabas : vingt-cinq merveilles frémissantes et chaudes parmi lesquelles Vinaigre, un lusitanien aux allures féminines, caractériel à son arrivée (il bouffait les barreaux), aujourd'hui tout en souplesse; Gamo, un portugais que Bartabas sort au passage; Sold'Oa, un pur-sang arabe cristallin; l'infatigable Quixote, étalon ortigon-costa de seize ans, un port de tête régalien, l'auteur du fameux galop arrière; Lautrec, portugais bai aux lèvres bavardes; Félix, un hackney de cinq ans de la taille d'un double-poney, très vif, parfois même mordant (au sens propre); un anglo-hispano-arabe bai prénommé L'Araignée en raison de ses longues jambes, qui a été formé par la torera Marie Sara; et surtout, passif et musculeux, M. Zingaro soi-même, star charbonneuse, un frison de treize ans qui, depuis la naissance du cirque Aligre, a brillé et cabotiné dans tous les spectacles de son maître. Box après box, Bartabas présente ses chevaux comme un peintre montrerait ses toiles inachevées et sans cesse retouchées : avec la fierté et l'impatience de celui qui voudrait atteindre à la perfection, cette vieille utopie d'écuyer, et ne se contente jamais des moments de grâce qu'il a obtenus. On voit par là que le succès n'a pas changé le chef de troupe, il a seulement rendu l'artiste plus exigeant.

Invoquant la trinité de l'eau, de l'Inde et de Don Quichotte, *Chimère* va commencer. Sous le chapiteau éclairé aux chandelles, les musiciens du Rājasthān (Manghanyars et Langas que Bartabas est allé écouter dans le désert de Thar, qui ne parlent pas français, mais appellent « maman » l'administratrice de Zingaro, Marie-France Dupuy) se mettent en place d'un côté de la piste. De mélopées en lamentos, portés par les vièles, les flûtes, les castagnettes, les tambours et les mains, ils vont entamer un étonnant dialogue avec les chevaux, celui de l'exil et du long voyage. Le bruiteur, compositeur et clown-orchestre Jean-Pierre Drouet (il est l'auteur de la bande-son de *Mazeppa*) leur fait face : à la tête de ses drôles d'instruments, il s'apprête à faire chanter à volonté le vent, les vagues, la pluie, l'orage. Au centre, l'impassible plan d'eau circulaire qui marie la noirceur de l'ébène, l'éclat de la turquoise, la douceur du bleu nuit, sur lequel voguent les bougies et glisse, avec une élégance de cygne, une jeune Indienne, Shantala Shivalingappa, échappée de chez Peter Brook, où elle joua Miranda dans *La Tempête*. Un rêve passe.

Pendant deux heures d'espiègleries, de rires et de chimères, la cavalerie de Zingaro foule le sable répandu autour du bassin, nous conduit dans un pays imaginaire qui pourrait être une Venise sur Gange ou une oasis népalaise. Ce ne sont pas les cavaliers mais les chevaux qui mènent la danse. Certains, en liberté, semblent d'ailleurs suivre une chorégraphie naturelle digne de Pina Bausch ; on croirait qu'ils ne sont pas dressés à obéir, mais à créer. D'autres, conduits aux longues rênes par de jeunes femmes hiératiques, dessinent entre l'eau et le sable un pas de deux inédit, amoureux. Après la vertigineuse vitesse de la poste hongroise, voici la noblesse des percherons chamarrés sur le dos desquels des garçons et des filles réinventent l'art de la voltige, transforment en ballet aérien les pourtant vieilles figures imposées : étendard, moulin, ciseaux, debout, amazone. Ce n'est plus de la gymnastique, c'est la nature en mouvement. Plutôt que des performances : des tempéraments.

Et puis, il y a Bartabas. Écuyer amaigri, coryphée assoupli, comédien presque androgyne, il ne laisse pas de se métamorphoser. Il porte haut son art, qui tient à la fois de l'école portugaise, de l'équitation tauromachique, de l'Opéra-Garnier, et du cirque forain — allez comprendre ! Il faut imaginer un Cadre noir sans arrogance, un officier sans mécanique, une haute école sentimentale. L'épaule nue, la jambe immobile et invisible, les mains de pianiste, l'assiette voluptueuse et féminine, ce croisé de Nuno Oliveira et de Patrick Dupond exécute, étriers bas, rênes longues ou au ventre, d'admirables changements de pied, pirouettes, piaffers, reculers circulaires, galops sur place, appuyers aux trois temps, jusqu'à ce moment de grâce miraculeuse qu'est le galop arrière.

Déjà, pour son film *Mazeppa*, le cavalier étoile avait réalisé sur son cher Quixote, dans la cour des haras du Pin et devant des officiers médusés, cette figure que les manuels d'art équestre considèrent toujours comme une... chimère. La nuit, les écuyers en rêvent comme certains hommes de voler du haut d'une falaise ou de marcher sur les flots. Ici, sous le chapiteau d'Aubervilliers, la beauté de l'exercice vient de ce qu'il n'est ni technique, ni sportif, ni contraint, ni même exemplaire, mais simplement évident. C'est que le cavalier bauchériste a compris qu'il devait profiter des dispositions et des inclinations pour le réaliser, sans avoir à forcer une quelconque résistance. Quand Quixote disparaîtra, ce galop arrière ne sera plus qu'un souvenir, une légende, une trace inversée dans le sable. Il en est de même pour l'étalon qui bouge les lèvres naturellement et donne l'impression de bavarder, lors d'une scène très drôle, avec Sancho Pança : ainsi un tic devient-il un épisode du spectacle. Bartabas ne recommencera jamais ces « numéros » ; il ressemble à ce violoniste auquel on avait volé son stradivarius et qui affirmait ne plus pouvoir jouer comme avant. Toute sa science équestre est là : il ne commande pas le cheval, il donne l'illusion de le suivre. Il n'impose pas, il propose. C'est un magnifique animal à deux têtes : Bartabas prolonge Quixote. On ne sait plus, les admirant, de l'homme ou du cheval, qui est le maître, qui le disciple.

Les spectateurs éblouis repartent dans la nuit froide au son des cloches dominicales, laissent une part d'eux-mêmes dans la *Chimère* de Zingaro, retrouvent l'avenue Jean-Jaurès comme un rêveur, la réalité : avec l'envie de revenir en arrière, de prolonger l'illusion d'un soir. Si, en deux heures, Bartabas les a libérés de leurs vies, il les y renvoie aussi brutalement.

C'était, en 1994, la cinquième production du théâtre équestre. Ce spectacle de rupture allait être applaudi par un demi-million de fanatiques. En dix ans, l'obstiné, l'irréductible Bartabas avait donc tenu son pari vilarien qui était d'amener vers des représentations chaque fois plus exigeantes, plus épurées, énigmatiques, sans trame narrative ni numéros spectaculaires, un public toujours plus nombreux.

Souvenirs : au milieu des années quatre-vingt, le rescapé révolté du cirque Aligre donnait dans l'atmosphère de cabaret, offrait du vin chaud aux spectateurs que des majordomes hiératiques accueillaient en livrée rouge, mettait en valeur un antique corbillard sur lequel un carillon sonnait l'heure de l'aventure, mêlait les animaux de ferme aux étalons, empruntait ses modèles et sa musique à la geste tsigane. Le succès est venu vite, les stars (de Kirk Douglas à Madonna, de Steven Spielberg à Elia Kazan) se sont jointes à la cohorte des fidèles anonymes, et le temps a passé. Les oies grises, les jars présomptueux, les faucons dédaigneux, les dindons idiots et les ânes brayants ont disparu en même temps que les samovars et la sangria, où flottait toujours un peu de sciure. Les andalous et les arabes ne sont plus dressés à boire du champagne dans une coupe. Un cirque a chassé l'autre. L'univers autistique de Bob Wilson a remplacé le monde sympathique des Gruss. Seule est demeurée la piste circulaire, ce méridien universel, cet anneau d'alliance, cette géométrie essentielle où, désormais, le cheval est roi et l'homme, nu.

Fidèle dans l'enthousiasme, le public a suivi Bartabas de l'estaminet moitié manouche, moitié animalier de ses débuts aux rencontres oniriques entre Berbères et Géorgiens, jusqu'à *Chimère* puis *Éclipse* qui inscrivent son théâtre dans l'histoire la plus originale du spectacle vivant — spectacle sans texte, sans répertoire, sans concessions. Spectacle qui invente sans cesse son propre langage. Spectacle aussi imprévisible qu'un cheval. Spectacle que Bartabas met en scène mais que le hasard dirige : ainsi des spectateurs de *Cabaret équestre* ont assisté, un soir, à une saillie aussi brutale qu'un coup de foudre ; ainsi ceux de *Chimère* ont vu la chute douloureuse d'un voltigeur, conduit aussitôt aux urgences de Cochin. Chez Zingaro, rien n'est mécanique, rien ne se répète à l'identique. Comme le travail, l'aventure est quotidienne.

Dans une stalle sans paille où, juste après le spectacle, nous partageons des œufs en meurette, Bartabas me confie son secret : « On est quarante-cinq artistes et trente chevaux à vivre ici en autarcie, à travailler nuit et jour, à ne pas prendre de vacances, à ne pas vouloir être récupérés. Je ne veux pas devenir comme certains metteurs en scène célèbres qui, après avoir commencé avec leurs troupes, terminent avec des commandes publiques, et qui ont sacrifié leurs idées à la notabilité, leur liberté au fric. Jamais je ne trahirai le rêve de Zingaro. » Derrière son crâne rasé, ses gros favoris, ses sourcils proéminents et sa fausse dégaine de cogneur, l'homme est plus à cheval sur les principes qu'un Cadre noir de Saumur.

Bartabas se confond avec son propre personnage, où entrent du gitan, du turkmène et du frison imaginaires. Il est intarissable sur son aventure artistique, muet sur son identité sociale. Tout juste sait-on, par la bande, qu'il est né dans la banlieue parisienne en 1957 d'un père architecte et d'une mère médecin, que son pseudonyme est le mélange sonore d'Artaban et de Barrabas, qu'il a fait ses classes à la S.E.P., le club hippique du bois de Boulogne, qu'il a été apprenti jockey à quatorze ans, et que ce cavalier qui en remontrerait aujourd'hui aux meilleurs instructeurs viennois a eu, autrefois, les jambes brisées lors d'un accident de moto. « Ma jeunesse d'autodidacte n'a aucun intérêt, me dit-il en allumant une énième cigarette blonde. D'où je viens, qui je suis ? De la paperasserie ! Ce qui compte, c'est seulement ce que je fais. Mon vrai acte de naissance, c'est la création de Zingaro. Mon pays, ce sont les roulottes. Ma famille, les personnes et les chevaux que j'ai rassemblés au fort d'Aubervilliers. On vit de notre travail, de nos recettes, de nos voyages à travers le monde. Si Molière était vivant, il serait dans notre troupe, pas dans sa propre maison, devenue une institution. »

À l'instar de ses étalons, Bartabas est un entier. Toujours fougueux, et le mors aux dents. Il déteste son époque, qui a oublié de vivre avec les chevaux.

Il n'est heureux que « sur le qui-vive ». Il étrille les metteurs en scène actuels, « ces fainéants » qui s'arrogent les textes classiques, courent après les subventions et méprisent le public. Il pense qu'on ne peut pas réussir un spectacle si l'on ne vit pas selon ses passions. Il aime citer Artaud. Il répète que « vivre en caravane maintient le corps et l'esprit dans un état de lutte permanente ». Il assure apprendre plus en observant un gitan de douze ans monté astucieusement sur un âne ou un nomade doué pour dresser un chameau que d'un champion de concours hippique. Il éperonne une civilisation qui a perdu le désir, l'audace, la folie, bref, qui a abdiqué. Ni pour l'équitation, ni pour l'art dramatique, ni pour la culture générale, Bartabas ne croit à la vertu des écoles. C'est le condottiere des banlieues.

Lui-même, parce qu'il voulait graver sur la pellicule quelques instants de son art éphémère, s'est lancé avec *Mazeppa* dans le cinéma sans rien connaître de la technique, sans posséder le diplôme *ad hoc* : les professionnels du festival de Cannes sont aussitôt montés sur leurs grands chevaux et ont renvoyé l'intrus au paddock. Bartabas en rit encore, d'un rire barbare : « Je ne dois rien à ce milieu, je n'ai de dettes qu'envers les chevaux. Seuls, ils m'ont appris la patience, la sagesse, l'humilité, la naïveté, et la beauté d'un art qui meurt à l'instant même où il naît. Un être humain qui comprend les chevaux ne peut être complètement mauvais. » L'héritier de Franconi ajoute qu'à l'époque lointaine où le cheval faisait partie de la vie quotidienne, qu'elle fût rurale ou citadine, nos aïeux avaient des intuitions, des pressentiments, et des facultés de résistance qui nous font désormais défaut. Nous avons perdu une relation originelle et initiatique. Bartabas la ressuscite, lui que Homéric compare si bien à « un monstre nyctalope : il sait lire à travers nos masques comme un chat dans la nuit ».

Au début de *Chimère*, comme en prière sur L'Araignée, son immobile étalon bai venu de l'élevage portugais de Jandilla qui excelle dans la position arrêtée du « campo », Bartabas pose sa joue contre une longue lance en bois. Instant magique d'harmonie et de paix silencieuses. C'est Don Quichotte, le chevalier blessé, l'éternel errant, l'idéaliste au grand cœur qui croit l'amour, l'honneur et la justice plus forts que les complaisances, les ratés de nos petites vies quotidiennes. C'est Bartabas, le croisé d'Aubervilliers. Chaque soir, le cavalier rappelle que les chevaux s'aiment sans se détruire, l'artiste prouve qu'ils valent bien un opéra, l'homme sait que nous gagnons à les fréquenter, que les monter est une destinée, que caresser une encolure est la plus douce des médecines modernes : il est notre dernier romantique.

Témoin *Chamane*, son deuxième long métrage. C'est une histoire très simple, très émouvante, qui se déroule sur le glacial plateau de l'immaculée Sibérie, en Iakoutie (ou République de Sakha). Deux prisonniers, le violoniste Dimitri et le chaman Anatoli, réussissent à s'enfuir du goulag. Pour s'évader, ils n'ont utilisé nulle arme, ils n'ont creusé aucun tunnel, ils n'ont été aidés par aucun complice. Aucun complice ? Si, des chevaux sauvages. De la taille de nos doubles-poneys — 1,50 m au garrot —, ils ont la particularité d'être très résistants, d'avoir une épaisse fourrure — celle avec laquelle on confectionne des chapkas et des bottes —, de savoir se nourrir de l'herbe et du lichen qui sont enfouis sous la neige et de pouvoir galoper, heureux et graciles, dans des congères contre lesquelles même les chasse-neige ne pourraient rien. Ils sont un modèle de force pour les Iakoutes qui, d'ailleurs, trouvent naturel de les manger.

Si Anatoli, blessé par une balle, meurt peu de temps après leur évasion, Dimitri poursuit, par moins cinquante degrés, sa grande aventure libératrice au cœur de l'immense taïga et des labyrinthiques forêts de bouleaux. Grâce au chaman, qui lui a confié son secret avant de s'éteindre, et grâce à son cheval, il atteindra la grande ville après de multiples péripéties et d'étonnantes rencontres, comme celle d'un cosaque tsariste roulant ivre mort en side-car ou celle d'un vieux fou vivant seul, au son des chansons de Vissotski, à bord d'un bateau encalminé dans les glaces du lac Baïkal et dans la rouille du communisme.

Ce voyage initiatique à travers le désert blanc, Bartabas l'a improvisé sur place. Il ne filmait pas seulement une manière d'*eastern*, il le vivait. Dans des conditions très rudes, voire catastrophiques. Plus il rencontrait des difficultés, plus il était heureux. Du chamanisme appliqué à un tournage. « L'homme, me dit Bartabas, ne doit pas prendre à la nature plus que ce dont il a besoin et il ne doit pas lutter avec elle, mais s'adapter à elle comme le cheval s'adapte au gel, comme mon héros s'adapte à son cheval, qui l'emmène mais qu'il ne conduit pas. En somme, le chamanisme rejoint ma propre conception de l'équitation, qui consiste à demander au cheval ce qu'il veut bien nous offrir, non à lui demander ce que nous voudrions qu'il soit. » Le premier titre du film était *Le Cheval céleste*. C'est en effet, dans la tradition iakoute, l'animal des plus grands voyages mystiques. Bartabas ne parle pas à l'oreille des chevaux, il les écoute. Ils sont ses seuls maîtres, ses seuls guides. Son aventure américaine, à l'automne 1996, illustre parfaitement cette singulière soumission.

C'était à Manhattan, faubourg de New York, dans les jardins de Battery Park. Chaque soir de l'automne dernier, cinquante mille Américains — spectateurs intraitables, fins connaisseurs de la gent équine mais aussi héritiers d'une culture de western fondée sur l'utilitarisme, la domination et la conviction qu'il faut « briser » les jeunes chevaux plutôt que de les mettre — se rendaient sous le chapiteau du théâtre équestre Zingaro et réservaient un accueil triomphal à cette *Chimère* venue d'ailleurs. Le *Daily News* parlait de « la performance la plus intense connue sur cette terre » et le

New York Times, d'une « communion mystique ». Grâce à ce premier voyage sur les terres du mustang et du quarter horse, Bartabas, l'écuyer d'Aubervilliers, prouvait que si sa passion remontait à Xénophon, son art était bel et bien devenu universel.

Un soir, après le spectacle, un homme qu'on eût dit sorti d'un album de Lucky Luke jaillit d'entre les stalles paillées et se présenta au maître. « Il ressemblait à De Niro, se souvient Bartabas avec le sourire narquois de l'exactitude, il était impeccable, caricatural, il portait un costard bleu argenté, il avait des cheveux blancs et gominés, il avait adorrré, mais alors adorrré *Chimère*. C'était l'avocat d'un producteur qui dirigeait à Las Vegas un énorme complexe de loisirs. Il m'invita à déjeuner le lendemain au sommet d'un building et, là, me proposa un très juteux contrat de trois ans. Il reconstruisait à Las Vegas le chapiteau de Zingaro sous une réplique de la tour Eiffel et me demandait de fonder une seconde troupe afin de pouvoir donner une représentation chaque soir et jusqu'à deux les jours fériés. La grosse machine, quoi. Je lui répondis que c'était hors de question et que, même si j'avais accepté, son projet était irréalisable. Non seulement il me faut au moins deux ans pour créer un nouveau spectacle, mais en plus la troupe ne peut pas se cloner et enfin les chevaux, nos premiers artistes, les plus fragiles, ne supporteraient jamais un tel rythme, ils seraient vite cassés. Le mec gominé, il n'en revenait pas, ajoute le chef des Zingaro, maintenant hilare, il ne comprenait pas que mes convictions résistent à ses avances et mes chevaux, à ses milliards.»

L'anecdote en dit long sur la manière dont Bartabas conçoit son métier et sa vie. L'homme est sourd aux sirènes du business, ne réclame pas l'aide de l'État (son théâtre s'autofinance à quatre-vingt-dix pour cent), refuse les parrainages complaisants, les associations douteuses, les salles trop grandes (les Japonais lui ont offert, pour une tournée, un espace de cinq mille fauteuils, il leur a répondu : « Ce sera mon chapiteau de mille places ou rien »). Ses seuls partenaires, ce sont les villes européennes qui, depuis le début de ses aventures au galop, l'ont accueilli et soutenu, parmi lesquelles Lausanne, Recklinghausen, Anvers, Vienne, Avignon. Il est fidèle aux autres comme à lui-même. À quarante ans, il se ressemble vraiment.

Avec *Éclipse*, Bartabas n'a pas craint d'ajouter encore à son ambition et à une discipline qui tient désormais de la mystique, de l'érotisme et de la poésie contemporaine. Il a sacrifié les couleurs au profit de l'austère, du taoïste noir et blanc (les deux couleurs, soit dit en passant, qui n'existent pas pour les robes des chevaux). Il a banni les entrées trépidantes, les acrobaties *épatantes* et les figures de haute école trop grandiloquentes — restent malgré tout quelques classiques : poste hongroise, voltige, travail aux longues rênes et l'immanquable galop arrière sur Quixote. Il a voulu moins de mouvements, plus de sacré. Il a même envisagé d'interdire les applaudissements. Et il a choisi, pour accompagner son spectacle, des musiciens coréens — flûte traversière en bambou, hautbois à double anche, vièle à deux cordes de soie, cithare à huit cordes, gong, cloche de bois et tambour-sablier — ainsi qu'une chanteuse de pansori à faire se dresser les chevaux sur la tête : au pays du matin calme, on dit de cette voix rauque, vociférante, bestiale, prophétique, qu'elle est « sanglante » parce que, pour la briser, les jeunes interprètes doivent la pousser, la forcer devant des cascades jusqu'à ce que le bruit de l'eau soit couvert et que la gorge saigne.

Plus la musique shinawi est menaçante, plus le spectacle est harmonieux. Tout n'est ici que légèreté, finesse, équilibre. Les tableaux successifs sont d'une beauté à couper le souffle. De la neige noire pleure sur la piste blanche. Des chevaux immaculés frissonnent dans la nuit. Des corps androgynes jaillissent au milieu d'immenses corolles de soie sombre. Un danseur cubain venu de chez Béjart valse avec un étalon clair puis affronte un acrobate blond. Une geisha noire à la perruque blanche s'allonge, lascive, sur un percheron pie. De grandes robes serpentines volent dans l'air immobile, parmi les ombres anthracite. Entre une cérémonie du thé et une scène de chevaux en liberté, Bartabas, tantôt fantôme lumineux, tantôt spectre ténébreux, va et vient, au pas espagnol, au galop rassemblé, au piaffer ou au passage. À la fin du spectacle, les cavaliers et les danseurs se retirent et Zingaro s'assied, l'oreille méditative, au milieu de la piste floconneuse. On est comme aux origines du monde.

Jamais Bartabas, dissimulé sous les voiles de soie, les éventails et d'amples bliauds tel Franconi derrière son masque de cuir — seul le génie de la monte le distingue —, n'était allé si loin dans la rigueur et l'ascèse. « Je suis, confesse-t-il d'ailleurs, à un moment délicat de mon existence. Ma relation avec le cheval est devenue tellement intime, tellement secrète, que je me demande si je ne suis pas parvenu au stade de l'incommunicable. Je ne me pose plus la question de savoir si ce que je fais est réussi ou non. Je me sens, dans ma recherche personnelle, constamment en avance sur ce que peut réaliser la compagnie Zingaro. Tout ce que je voudrais inventer avec le cheval, une vie n'y suffirait pas. »

Cette complicité exclusive avec les chevaux semble entraîner Bartabas, au moment même où le public l'idolâtre au point, douteux, d'en faire un gourou, vers la plus grande des solitudes. Celle des hommes qui veulent croire, malgré tout, au paradis perdu. Il rêve soudain de s'effacer. Il s'éloigne peu à peu du monde réel et, en compagnie du seul animal qui donne un sens à sa vie, il petit galope vers le blanc et le silence absolus à la manière littéraire de Michaux ou de Beckett, cinématographique d'Alain Cavalier : c'est, cardinale, la tentation de *l'éclipse*. On pense aussi à l'intraitable

Sainte-Colombe qui, campé aux frontières de l'invisible, jouait pour une femme morte de la viole de gambe à sept cordes dans un petit cabinet en bois de mûrier, au fond d'une basse-cour, tandis que Marin Marais pirouettait à Versailles devant Louis XIV. Presque tout l'œuvre a disparu que Sainte-Colombe a composé « dans le souci, dit Pascal Quignard, de n'être à portée d'aucune oreille ». De celui de Bartabas, il ne restera un jour que ce que les souvenirs des spectateurs voudront bien sauver de l'oubli auquel ce compositeur sans disciple ni mémoire destine ses chaconnes et ses sonates équestres.

Quelque chose en lui d'imperceptible, d'inédit, annonce désormais la rupture. Pour la première fois de sa vie, il sait qu'il pourrait, demain, après-demain, se passer du public et cesser de diriger Zingaro. Il se consacrerait alors à un piquet de chevaux, s'appliquerait jour après jour à *entrer en eux*, les travaillerait derrière des palissades, dans un de ces lieux interlopes qu'il affectionne en leur épargnant les lois cruelles et contradictoires du spectacle où le plus beau, le plus rare est ce qui se voit le moins. Cet écuyer comme on n'en compte, depuis la Renaissance italienne, que deux ou trois par siècle est désormais à la recherche du *geste pur* qui ne se répète pas, du miracle qui ne se reproduit pas, et cette quête compulsive du chef-d'œuvre éphémère est peut-être l'une des plus extraordinaires de la création contemporaine.

Un amour puéril

Il a une robe dorée qui miroite dans le soleil, des allures nobles, le dos long comme une traîne royale et un port d'altesse. C'est, venu des sables brûlants du Karakoum, au Turkménistan, un akhal-téké. La tête est fine, la peau, cristalline, et l'encolure, en col de cygne. Il lève sa bouche en ignorant la ligne du garrot, crâne de l'œil et semble observer l'humanité avec un antique dédain. Son orgueil remonte, cinq cents ans avant l'ère chrétienne, à l'époque où ses aïeux conduisaient à la victoire et à bride abattue les trente mille cavaliers de Darios Ier, roi de Perse, soumettaient les Thraces et les Macédoniens, puis réprimaient la révolte des cités grecques d'Asie.

Prince de l'endurance, il résiste au froid, à la chaleur, à la soif, aux montagnes, au désert (en 1935, lors d'une course entre Achkhabad et Moscou, un akhal-téké parcourut en trois jours, sans eau, quatre cents kilomètres dans l'immensité aride du Karakoum) mais aussi à l'académisme coercitif du dressage occidental : la tête au-dessus du mors se moque de la main des meilleurs écuyers ; il déteste se placer, préfère fixer l'horizon du désert que lécher son épaule. C'est un cheval fier, pas narcissique. Un mystère, donc.

Longtemps, il a vécu derrière le rideau de fer de l'ex-U.R.S.S. Symbole d'une liberté incompressible, ce coursier tenait de l'aristocrate au pays du collectivisme. L'akhal-téké bafouait les rigueurs et l'esprit staliniens comme, dans *Cwal*, le beau film autobiographique de Krzysztof Zanussi, une petite troupe anachronique menée par une tante excentrique narguait, à cheval, les autorités polonaises des années cinquante. Pour le petit Zanussi, dix ans à peine, appartenir à ce club d'équitation, fût-il miséreux, peuplé de carnes et de cavaliers à la technique improbable, c'était la seule manière de prendre le maquis, de combattre l'ordre nouveau, d'être, avant la lettre, politiquement incorrect. En montant à cheval, l'enfant gagnait en légèreté et en folie, il refusait l'avenir machinal. Au grand galop, il appartenait à l'Occident libre. Depuis, le mur est tombé, l'équitation a cessé d'être, à l'Est, un art séditieux, un sport factieux, mais l'akhal-téké a gardé sa sauvagerie originelle.

En 1994, le président du Turkménistan offrit un étalon de cette race rebelle à François Mitterrand, ami des ânes (il en possédait deux, à Latché) mais indifférent aux chevaux. La D.G.S.E., allez savoir pourquoi, se chargea du voyage. À peine arrivé en France, le chef-d'œuvre disparut. Par la voix d'un certain Jean-Louis Gouraud, la République des citoyens se plaignit d'avoir été dépossédée : elle voulait voir ce trésor vivant prénommé Gend Jim dont François de Grossouvre, qui s'y connaissait, avait épinglé le portrait dans son bureau. Gouraud fit, en vain, le siège de l'Élysée et des haras nationaux. Il alerta la presse et, avec un journaliste de *Libération*, localisa le précieux animal près de Paris, dans le parc d'une des nombreuses résidences mises à la disposition du président de la République : le château de Souzy-La-Briche, dans l'Essonne.

L'obstiné fit sonner tant et si bien les bugles de l'indignation que le chef de l'État confessa avoir offert Gend Jim à sa fille Mazarine, autrement dit une illusion à un fantôme. Afin de prouver qu'il ne croupissait pas dans une écurie ni ne dépérissait dans un pré, l'akhal-téké mythique fut exhibé à la caserne des Célestins. Il n'avait rien perdu de son éclat, il était sous l'œil, c'est-à-dire farouche et insolent, il brillait, caracolait, humait l'air parisien avec une suspicion nerveuse, toisait ses juges — on eût dit qu'il n'avait jamais été débourré. Gouraud exultait. Un professeur d'équitation, détaché au ministère des Sports, Alexandre Gros, allait par la suite le travailler sur le plat et même à l'obstacle, sans pour autant chercher à lui imposer les lois saumuroises de la soumission : car l'akhal-téké veut bien sauter ou se déplacer sur deux pistes, mais jamais il n'inclinera la tête, fût-ce devant le monarque d'un régime parlementaire.

En somme, ce cheval ressemble à Jean-Louis Gouraud. Né en 1943, il a exercé d'innombrables métiers, mais il est l'homme d'une seule passion : le cheval. Il se flatte d'avoir été traité de tous les noms : aventurier, cavalier, cavaleur, galopeur, galopin, pèlerin, pérégrin, voyageur, et vagabond. Au début, quand il était journaliste ou éditeur, il consacrait tous ses week-ends à l'équitation. Il n'ambitionnait pas de devenir écuyer, il sacrifiait seulement à un « amour puéril » sans lequel sa vie, dit-il, n'aurait guère eu de sens. Il ne voulait ni grandir ni se grandir : en vertu d'un mouvement naturel, il montait à cheval pour redescendre en enfance. Il préfère d'ailleurs les poètes aux hippologues, les romanciers aux auteurs de traités, les chanteurs aux instructeurs. Contrairement à moi, il tient que *L'anthologie de la littérature équestre* de Paul Morand, riche en règlements de cavalerie et manuels de haute école, ne compte pas d'écrivains. Nous nous sommes expliqués un jour. Je crois l'avoir convaincu que, jadis, beaucoup de grands écuyers possédaient, d'instinct, le talent littéraire et que l'on gratte, avec la même opiniâtreté, la même solitude, la même obsession de la perfection, un cheval et du papier.

Il n'empêche que Jean-Louis Gouraud choisit l'animal contre son gouvernement. Et la compagnie des amoureux du cheval contre l'inaccessible confrérie des experts. « Morand, clame-t-il volontiers, s'intéressait à l'équitation ; moi, je m'intéresse au cheval. » Il l'a célébré avec faste, en 1994, dans un spectacle donné au théâtre du Rond-Point et, deux ans plus tard, dans une anthologie où ses alliés substantiels s'appelaient Shakespeare (« mon cheval est ma maîtresse »), Saint-John Perse (« Le cheval levait à ses dieux une tête d'airain : soufflante, sillonnée d'un pétiole de veines ») ou Césaire (« Grand cheval mon sang »). Il y mariait, avec une brusquerie d'étalonnier, Alain Robbe-Grillet et Raymond Devos, la Bible et le Coran, Jacques Brel et Jean-Louis Barrault, Paul Fort et Julos Beaucarne, les poètes albanais et les bardes kirghizes. « Il y a dans mon fourre-tout quelque chose qui ressemble plus à des prises de guerre qu'à un cabinet de curiosités, dit-il. J'ai remporté mes richesses, mes victoires, ma culture, à la hussarde, au cours d'une vie de cavalcades, de cascades, de galopades. »

Étrange cavalier que ce Gouraud. Il n'est guère fasciné par les prestigieuses académies, il ne fréquente pas les jumpings, il ne fraie pas avec les champions, il se méfie des professionnels de la profession. Les dieux de Saumur l'indiffèrent : il leur préfère Bartabas, ce génial voyou, son frère en randonnées célestes, qu'il a guidé jusqu'au lac Baïkal, accompagné dans la taïga et pour lequel il a écrit le scénario de *Chamane*. Croisé du *Hussard* de Giono et d'un cosaque de Tolstoï, Jean-Louis Gouraud est un misanthrope d'aujourd'hui qui aime relever les défis d'autrefois. En 1990, alternativement à cheval (selon une vieille pratique turkmène exaltée par L.V. Evdokimov dans *Loubny-Paris*) sur deux trotteurs français, Robin et Prince de la Meuse, il a relié Paris à Moscou en soixante-quinze jours. Ces trois mille trois cent trente-trois kilomètres de marche solitaire et inédite lui ont paru une promenade en comparaison de l'exploit réalisé, à la fin du siècle dernier, par le sotnik Pechkov qui, monté sur un petit cheval gris, a couvert près de huit milles verstes (environ neuf mille kilomètres), de Blagovechtchensk à Saint-Pétersbourg, entre novembre 1889 et mai 1890.

La geste du cosaque lui a inspiré un roman initiatique, *Serko*, où Jean-Louis Gouraud s'est ingénié à mélanger le vrai et le faux. Pour sauver les petits chevaux, dont la particularité est d'être très résistants au froid, qu'utilisent depuis toujours les troupes asiatiques de Sa Majesté, le lieutenant Dimitri Pechkov décide de partir pour la capitale des tsars : il veut obtenir d'Alexandre III qu'il mette un terme au massacre des chevaux de l'Amour (c'est le nom du fleuve qui sépare la Russie de la Mandchourie) et qu'il infirme la décision de l'état-major de les remplacer par des chevaux du Don, plus grands, plus beaux, plus prestigieux, mais aussi plus fragiles. À la manière du héros de *Chamane* — film auquel le roman emprunte certaines scènes fortes —, le pèlerin va donc affronter, pendant deux cents jours, l'hiver sibérien, semer une bande de tueurs, braver les loups et les ours, se nourrir de lait de renne, de fromage de chamelle et même du sang chaud de sa monture, impassible dans l'abandon et la compassion. Enseveli un jour sous une énorme congère ou tombé plus tard dans l'eau glaciale du lac Baïkal, Dimitri devra plus d'une fois à son fidèle, robuste et pelucheux Serko — 1,35 m au garrot — d'avoir la vie sauve. Et quelle vie !

Au bout de neuf mille kilomètres (quarante-cinq par jour, en moyenne), Dimitri Pechkov a pu démontrer à son empereur que le cheval amourski l'emportait, dans les déserts de givre, sur toutes les autres races et Jean-Louis Gouraud a su illustrer, dans une relation chevaleresque, la célèbre profession de foi de Buffon : « La plus noble conquête que l'homme ait jamais faite est celle de ce fier et fougueux animal qui partage avec lui les fatigues de la guerre et la gloire des combats ; [...] qui se livrant sans réserve ne se refuse à rien, sert de toutes ses forces, s'excède, et même meurt pour mieux obéir. » Même les lecteurs qui ne sont pas cavaliers sortent de l'aventure avec des courbatures. C'est que l'homme pratique, en tenue de randonnée, sans le souci de faire joli, l'écriture galopante.

D'ailleurs, Jean-Louis Gouraud ne reste jamais longtemps dans sa propriété du Loiret où paissent des shetlands, des percherons et des pur-sang. « Globe-trotteur », il n'en finit pas d'arpenter le monde à la recherche des chevaux disparus. De même qu'il avait mené une enquête d'agent secret pour retrouver la trace de l'akhal-téké présidentiel, il a traversé le Maghreb de long en large afin de sauver le barbe d'Algérie ; il a découvert au pied de l'Himalaya que les montures de la cavalerie indienne étaient obtenues par le croisement de juments haflinger et d'ânes du Poitou ; et il a même forcé les résistances de l'Albanie stalinienne pour réhabiliter l'étonnant cheval local. Les vivants ne suffisent pas à calmer son enfantine ferveur. Il travaille désormais à faire restaurer la plus prestigieuse, la plus grande nécropole équine du monde : le cimetière à l'abandon de Tsarskoïe Selo — littéralement, le bourg du tsar —, à vingt kilomètres de Saint-Pétersbourg, aux portes du si versaillais palais Catherine, le long du très britannique parc Alexandre.

On y recense encore une centaine de sépultures mangées par les herbes folles, recouvertes de mousse et de fleurs sauvages, érodées par l'oubli où, après la Révolution, les bolcheviks avaient plongé ces preuves marbrées d'un temps révolu. Car non seulement les empereurs avaient fait ériger un hôtel des Invalides néo-gothique en brique rouge pour la retraite des plus fidèles de leurs montures mais, après leur dernier soupir, ils les enterraient aussi dans un champ de trèfles, sous des pierres tumulaires alignées comme pour une ultime parade, avec un faste enviable.

De ce protocole régalien de la gratitude, il ne reste aujourd'hui, menacés par les bulldozers et l'ignorance, que des cippes brisés, de vastes hypogées à ciel ouvert, des socles effondrés de grès et de calcaire, des vasques fêlées, des statues renversées, de longues dalles sur lesquelles les illustres cavaliers ont gravé jadis, en calligraphie cyrillique, les biographies héroïques des chevaux qui les ont conduits à la victoire et qui ont ajouté à leur gloire. On apprend ainsi qu'Alexandre Ier entra dans Paris sur Ami en 1815, à la tête des armées alliées, que la jument Poltava eut l'honneur de porter le tsar Nicolas Ier et Sultantchik, le privilège d'appartenir au comte Rostopchine... La beauté du lieu, jusque dans ses ruines où le temps et la négligence ont effacé les tendres hipponymes, témoigne d'une prière singulière, jamais exaucée. Elle rejoint la liturgie guerrière de Xi'an où, en 1974, des paysans chinois ont retrouvé, figés par milliers sous la terre dans un effroi pompéien, des cavaliers du premier empereur Qin Shi Huangdi qui paraissaient avoir été terrassés alors qu'ils étaient en formation militaire : incroyable charnier de statues d'argile, de gisants au galop arrêté, de chevaux calmes à l'encolure arrondie, endormis là depuis deux siècles. À Saint-Pétersbourg, ce ne sont pas seulement leurs animaux que les maîtres ont souhaité inhumer ici, c'est aussi une part d'eux-mêmes qu'ils ont abandonnée sous des épigraphes reconnaissantes. En vérité, l'on ne se promène pas dans un cimetière animalier, on visite un ossuaire de centaures dédaigné par les dieux.

Afin de collecter les fonds nécessaires à la restauration de Tsarskoïe Selo, Jean-Louis Gouraud a fondé un comité où le colonel de Beauregard, ancien écuyer en chef du Cadre noir de Saumur, côtoie Bartabas, le chaman albertvillarien de la tribu Zingaro, et où le cascadeur Mario Luraschi cousine avec le directeur de la Maison des cultures du monde, Chérif Khaznadar. Un comité auquel Gouraud a versé l'intégralité des droits d'auteur de *Célébration du cheval.* Dans cette anthologie, il a glissé, sous le pseudonyme de Robin de La Meuse (alliage précieux des noms de ses deux trotteurs), un poème en guise d'autoportrait : « J'ai aimé / La vie, / La vitesse. / Et la fesse : Pardon !// Sauté barres,/blondes, brunes, jaunes, blanches, métis, négresses : /Allégresse// Aujourd'hui/assagi/vieil étalon/me voici : /Piéton ! »

À cinquante-trois ans, atteint par une maladie du dos, Jean-Louis Gouraud, en effet, ne peut plus monter à cheval. Il a tout essayé, en vain : les piqûres, les massages, l'ostéopathie, l'acupuncture, la chirurgie. Il a rusé maintes fois avec son corps déloyal. Il s'est même fait fabriquer un corset métallique, une manière d'armure moderne. Mais le sort était jeté : il avait dédié son existence au cheval et il ne pouvait plus mettre ses pieds dans les étriers. Il était devenu un cavalier sans jambes, un célébrant sans église. L'homme quitté par la femme de sa vie au moment de leur plus pure entente, à l'acmé de leur complicité physique et intellectuelle, quand le bonheur se métamorphose soudain en œuvre d'art, n'eût pas été plus désespéré. Aujourd'hui, Jean-Louis Gouraud commerce avec les auteurs des livres d'équitation que, dans un fauteuil, il s'applique à rééditer contre toutes les lois du marché ; il tente de ressusciter d'entre les morts de lointains destriers tsaristes ; il se promène avec une insondable nostalgie dans le pré où cabriolent ses chevaux qui vieillissent en liberté ; et quand vient la nuit, au plus profond d'un sommeil oublieux, il s'imagine réincarné en akhal-téké, rapide comme le feu, indomptable, tout en grâce narquoise, d'une immortelle légèreté, d'une si jalouse liberté

Le mors aux dents

Par la vertu d'une syntaxe anthropomorphique et une vieille fraternité d'armes, les premiers écuyers ont eu le bon goût de retirer le cheval du règne animal pour le faire évoluer dans le monde d'une humanité raisonnée. S'ils ont très tôt débité l'équidé d'une intelligence comparable à la leur, ils l'ont crédité d'une sensibilité qui appelait un vocabulaire de proximité et une grammaire empathique. Pour le décrire, ils ont tout simplement représenté un homme à quatre pattes ; ils se sont alors trouvés très ressemblants.

Même au plus fidèle parmi les fidèles, le chien, qui a pour l'éternité une gueule et un museau, l'on refuse de donner, comme au cheval, une bouche et un nez. Le chat, prince des compagnons de littérature, et le lion, roi de la jungle, seront toujours habillés d'un pelage, ils ne pourront jamais s'offrir une robe, ni une variété si enviable, si désirable, d'adjectifs qualificatifs : alezan, isabelle, aubère, bai, souris, louvet, rouan, pie, truité, pommelé, rubican, neige, herminé, miroité, pinchard, tisonné. En comparaison, la palette de l'impressionniste est terne.

Comme nous, mais lui ne le sait pas, le cheval a donc un dos, des reins, des cuisses, un ventre, des bras, des avant-bras, des coudes, des genoux, des pieds et surtout, zones cardinales du travail équestre, points naturels d'équilibre ou au contraire premiers signes de l'abandon, des épaules et des hanches.

On reconnaît le néophyte à ce qu'il attribue des pattes au cheval, qui a pourtant bien mérité d'avoir, si gracieuses, souples et fragiles, des jambes. Et comme s'il ne suffisait pas qu'on appliquât, à un corps si différent du nôtre, le vocabulaire par lequel on désigne l'anatomie de l'homme, le cavalier a ajouté, afin de distinguer les deux masses principales du cheval, l'antérieure qui doit être relevée et la postérieure qui doit être baissée, les beaux termes d'*avant-main* et d'*arrière-main*. Il a fini ainsi par réaliser son rêve : s'oublier, s'augmenter, se confondre avec le seul animal qui pût le prolonger.

En l'apprivoisant avec des mots — un débourrage lexical, somme toute —, l'homme a fait du cheval son égal ; par la rhétorique équestre, toute en musique, métaphores et périphrapes, il l'a consacré artiste. On ne parle pas des vitesses du cheval mais l'on apprécie, avec la prestance et la noblesse qui s'y attachent, ses trois *allures*. On ne dit pas qu'il marche de côté, mais qu'il va *l'amble*, ce qui est un joli mot pour un vilain défaut ; qu'il *s'entable*, ce qui est une erreur ; ou qu'il exécute des *appuyers*, ce qui devient une qualité doublée d'un succès.

Il ne saute pas des barres mais, aérien, il les *passe*. Il ne contourne pas un obstacle mais — ni transitif ni pronominal, le verbe est créé pour cette incartade, cette lâcheté — il *dérobe*. Si l'on tire trop brutalement sur les rênes, contrariant leur fonction qui est de mettre imperceptiblement en contact une sensibilité et un désir, des lèvres et des doigts, on *égare la bouche du cheval*. Si l'on abuse de ses forces, si l'on exige trop de lui, on *l'estrapasse* (il n'est pas interdit de glisser, ici, une pointe d'accent phocéen). En revanche, tel un tableau de maître, on *l'encadre* en le tenant droit dans les aides. Quand, pour résister aux gestes trop brutaux de son cavalier, l'animal secoue la tête, on dit alors qu'il *bat à la main* ou, plus religieux, qu'il *encense* ; d'une tête levée qui refuse de se placer, qu'elle *porte au vent*. Quand, en revanche, il abandonne ses défenses et veut bien offrir au cavalier toute sa puissance enfin rassemblée, on peut affirmer, comme d'un cœur abandonné à la passion, qu'il *se livre*, et applaudir.

C'est une belle langue que celle de l'équitation. Sauf pour l'harnachement, où la bride le dispute au caveçon et le Pelham au mors de filet Verdun, elle ne verse jamais dans ce sabir technique par quoi les autres sports croient devoir se distinguer. Elle naît du bon sens (une épaule en dedans ou un changement de pied au galop disent bien ce qu'ils veulent dire), obéit à des principes ancestraux, procède par images claires, ajoute la psychologie (une bouche légère, un caractère ombrageux) à l'intraitable géométrie du rectangle primordial et de la pyramide naturelle. Elle parvient à traduire l'harmonie silencieuse d'un animal et d'un homme que, en apparence, tout opposait et que tout réunit.

Par un juste retour des choses, cette union à la fois physique et lexicale a offert, au langage courant, les métaphores les plus fortes et les plus justes. Mieux qu'aucune autre, la parole équine, éprouvée jadis sur les champs de bataille, d'honneur, de courses, de labour ou d'épandage, traduit le mouvement même de la vie, ses trépidations, ses angoisses, ses rêves, ses défis. On est à cheval sur les principes, on prend le mors aux dents, on s'emballe, on se cabre, on est désarçonné, on galope bride abattue, on choisit le mauvais cheval, on est un peu cavalier, un peu sauteur, un peu rosse, on tombe les quatre fers en l'air, on passe des obstacles, on a des chevaux de bataille, on cravache, on tire à hue et à dia, on monte sur ses grands chevaux, on tient ses instincts en bride, on étrille ses ennemis, on est éperonné par l'ambition, on prend un remède de cheval, et on finit par ne plus être qu'un cheval de retour.

Sous le pas de quel autre animal trouve-t-on, et j'en oublie, autant d'images qui nous conviennent si bien et qui parlent avec la même force d'évocation aux cavaliers aguerris comme à ceux qui ne mettront jamais leurs fesses sur une selle ? L'on ne dira jamais assez la vertu qu'a le langage de faire de la résistance et de travailler en secret à ce que ne disparaissent point ces animaux qui peuplent notre imaginaire, nourrissent notre réserve de métaphores, illustrent nos déboires ou nos victoires, et dont les civilisations modernes ont cru, à tort, pouvoir se passer.

Le cavalier pressé

De tous les écrivains de ce siècle, Paul Morand fut, sans aucun doute, le meilleur cavalier. Il en avait le style clair, le ton cassant, le trait rapide, l'intelligence silencieuse. Il en possédait la nature — « c'est un tempérament violent et passionné, limité par un faux col impeccable », notait, après avoir établi son horoscope, Conrad Moricand; « c'est un mélancolique survolté », précisait Jean-Louis Bory. Il en aimait aussi la philosophie : celle de la raison contre la force, de l'autorité contre la colère, du style contre l'abandon.

Initié à l'adolescence, Morand monta jusqu'à ses quatre-vingts ans (seul l'éditeur Guy Schoeller, cavalier de complet jusqu'au même âge, peut prétendre rivaliser d'opiniâtreté). Sa correspondance l'atteste : où que le menèrent ses voyages d'homme pressé, et fût-il en représentation diplomatique, Morand trouva toujours le moyen de satisfaire sa passion, son besoin de « ramener tout mouillés » les chevaux qu'il avait empruntés, son goût obsessionnel pour « ces monuments d'orgueil et de révolte » *(Histoire de Caïd, le cheval marocain)*. On ne lui reconnaîtra pas, en revanche, une telle ferveur pour les femmes, qu'il traita sans aménité dans ses livres, et dont il comprit moins bien la psychologie que celle des demi-sang auxquels l'inconstant réserva ses plus tendres caresses. (Dans l'œuvre d'un autre cavalier où l'amour est ingrat et la femme, mal honorée, « la plus grande douceur du monde » loge également au bas du chanfrein, sur ce petit espace tendre, rose et gris, bien connu des soupirants en jodhpurs que la vie a, par ailleurs, si souvent déçus. Il s'agit de François Nourissier, qui préféra dans sa jeunesse les reprises du Panthéon et les concours hippiques de Versailles aux conférences de Sciences-Po, pensa même sacrifier la littérature à l'équitation — « c'eût été l'anticonformisme dans le comble de l'Ordre » — et, du lointain regret de ce rêve inaccompli, écrivit sur le tard un roman âpre dont le titre, *En avant, calme et droit*, est le précepte inversé du général L'Hotte, devise du Cadre noir de Saumur.)

Comme beaucoup d'écuyers, Morand avait donc élevé son culte du génie équestre sur les ruines, fermées au public, de ses infidélités, de ses désappointements intimes et de ses fourvoiements idéologiques. Vichyssois, auteur de la détestable et xénophobe *France-la-Doulce*, président, en 1942, de la Commission de censure cinématographique, ambassadeur de Pétain à Bucarest, il fut interdit de Coupole pendant dix ans par le général de Gaulle, qui admirait l'écrivain mais détestait « l'impardonnable » maréchaliste et méprisait l'homme de cheval. L'on se rappelle en effet que le chef de l'État ne supportait pas que la cliquetante Garde républicaine le précédât en prenant toute la lumière et qu'elle lâchât en outre des kilos de crottin frais sur le parcours présidentiel.

À la fin de sa vie, on reconnaissait l'académicien aux jambes arquées de l'officier de cavalerie pensionné. Ses mains tachetées d'élégance cherchaient en vain, dans le petit matin huilé du quai Conti, parmi les effluves d'essence et de vase, une encolure à flatter, une rêne avec laquelle jouer, une résistance de la bouche à vaincre avec douceur, une jeunesse emballée à réveiller sous la badine, et c'était émouvant.

Élève d'Armand Charpentier, qui fut son Giraudoux équestre, et de quelques professeurs qui, en ce temps-là, portaient le haut-de-forme et l'habit noir, Morand avait beaucoup souffert et longtemps pilé du poivre avant de connaître l'extase en selle. Au manège Pellier, rue Chalgrin, il avait appris non point à monter, mais à être mis à cheval, dans la grande tradition française de Baucher, au prix d'inoubliables furoncles, blessures et courbatures, à quoi il convient d'ajouter une hernie et une éventration, ces maladies professionnelles. Jusqu'au jour où il lui sembla qu'il avait bien mérité d'appartenir au cercle très fermé des « apôtres du vrai équestre ». Dans *Milady*, lorsque Gardefort montre à son ami Léal comment faire céder sa jument afin de la placer, ce sont tous les souvenirs de la rue Chalgrin que, longtemps après, Morand s'applique à coucher et ordonner sur le papier : « Il lui avait suffi d'une légère pesée de l'assiette au bon endroit pour déclencher le réflexe, et cela avait été exécuté si délicatement que *Milady* semblait obéir maintenant d'elle-même. Tout ce qui en elle pouvait et devait ployer fléchissait.

— Croc... croc... Cassez la noisette, ma fille !

Et aussitôt la jument faisant le col de cygne abaissa sa jolie tête couronnée au frontal de cuir verni ; tout heureuse entre les jambes apaisées du cavalier qu'elle aimait, elle goûta librement son mors. »

Milady est le chef-d'œuvre de Paul Morand. Solitaire assoupli par les chancelleries, il l'a rédigé d'une traite, pendant l'été 1935, à Saumur puis à Villefranche-sur-Mer. Dans cette longue nouvelle, le commandant Gardefort (auquel Nourissier a pensé, en dessinant, cinquante ans plus tard, la figure blessée de Vachaud d'Arcole) est un ancien écuyer du Cadre noir qui a tout sacrifié à sa passion et à la carrière. À côté de lui, Alceste est un philanthrope. Humiliée de se voir préférer les quadrupèdes aux robes peu variées, sa femme l'a d'ailleurs quitté. Gardefort l'a remplacée par Milady, une jument sans grâce, refusée aux dépôts de remonte, mais qu'il aime à la folie — « Ce n'est pas une liaison, c'est ma raison de vivre » — et qu'il a travaillée, pétrie, adorée, jusqu'à métamorphoser l'animal « terne et mal gauchi » en admirable danseuse aux pieds ailés : « Chaque jour commençait dans l'espièglerie, dans la ruse et se continuait dans la rage, pour se terminer dans une sorte de pâmoison soumise. »

L'amour parfait, somme toute, pour une tunique noire. Mais voilà, incapable de régler les frais de son divorce, l'amant doit se séparer de sa frémissante maîtresse tachée de blanc à trois pieds. Milady est vendue à un banquier belge pour qui l'équitation est, mot affreux, « un violon d'Ingres ». L'acheteur prétend savoir « dresser » les chevaux. Réplique assassine de Gardefort : « On dresse un poulain, Monsieur, mais un cheval, on le met. » Le cœur brisé, le commandant monte donc Milady une dernière fois : « Il sentait vivre sous lui cet être qui le prolongeait, qui était lui-même, qui chaque fois qu'il s'engageait en avant, le secouait, l'aidait à quitter le sol, comme un dieu, l'emportait dans sa lente ou rapide cadence, comme une femme enceinte emporte son enfant... » Une femme enceinte ! Personne, avant Morand, n'avait poussé si loin la personnification d'un cheval ni osé plonger le cavalier dans un bonheur amniotique, si chimérique.

Trois mois après avoir vu partir sa jument dans le van trop luxueux de son nouveau propriétaire, Gardefort lui rend visite à l'improviste. Elle est méconnaissable. Pervertie dans ses allures, déshonorée, humiliée, elle est devenue « un canasson de saltimbanque », « une pauvre créature bouffie, pansue, malade » dont seules la couleur de la robe et les balzanes montant aux canons lui rappellent la princesse qu'il a tant et si bien glorifiée.

Dans une scène finale et magnifique, l'écuyer de Saumur reprend en main sa belle, déformée par un ignare, lui redonne sa fierté perdue, la conduit au rythme d'un carrousel sur la plate-forme d'un aqueduc qui alimente Namur, marche en avant, calme et droit au-dessus du précipice, lui offre quelques minutes d'aérienne haute école avant de jeter dans le vide, inséparables, le cavalier qui n'aimait pas les hommes et sa lady alezane qui n'aimait que son maître.

Paul Morand, dans ce texte lapidaire, intégriste même, prône une mystique équestre. Les reprises s'apparentent ici à une liturgie ; Gardefort, tout de noir vêtu, tient du prêtre à l'instant de l'eucharistie ; et, à la fin du livre, nous assistons au sacrifice suprême. Mais cette spiritualité, comme par crainte de *s'abandonner*, l'écrivain-cavalier la contrarie par une prose nerveuse, sans graisse, sans larmes, qui glisse de voltes en lignes brisées, de doublers en serpentines, et il ne déteste pas de jongler avec des mots techniques, une grammaire de spécialiste, des images de grand initié.

Jusqu'à la fin du XIXe siècle, les hippothèques sont constituées, pour l'essentiel, de traités et de manuels que les maîtres, mais aussi les vétérinaires, ont rédigés dans le seul but d'enseigner aux néophytes leur art et leur science. L'intention fut toujours pédagogique ; le résultat ne dénature pas la bibliothèque d'un honnête homme. La littérature équestre exige en effet un vocabulaire précis, des métaphores claires — « Il faut prendre les rênes, explique Nuno Oliveira, comme si l'on avait une chandelle dans chaque main » — et une musique invisible. Voilà, en bref, les lois cardinales du style, cette mathématique des sentiments, cette algèbre des sensations. L'à-peu-près est banni, la fioriture, détestée et la poésie, méprisée : ce ne sont pas seulement des fautes de goût, ce sont aussi des erreurs techniques. Les grands textes équestres ne doivent pas faire rêver. Ils relèvent de la science exacte et valent pour autant qu'ils peuvent être *appliqués*. À l'École espagnole de Vienne, l'on suit toujours les préceptes « naturels » édictés par François Robichon de La Guérinière (1687-1751) dans *L'École de cavalerie* et les *Éléments de cavalerie* (ils reposent, derrière une vitrine, dans le bureau du directeur de l'École autrichienne) comme, à Saumur, l'on se réfère encore aux *Questions équestres* du général L'Hotte.

Paul Morand ne s'y trompe pas. Signant, en 1966, une *Anthologie de la littérature équestre*, il réunit les meilleurs écuyers, ceux qu'il appelle « les savants bottés », mais aussi les officiers de Dragons et de Gendarmerie, les régisseurs de haras, les directeurs de manèges et de cirques, les vétérinaires. On découvre notamment, dans ce gros volume, que Xénophon préconisait de monter debout, « jambes écartées »; que La Guérinière avait ainsi établi la hiérarchie des châtiments : chambrière pour faire piaffer un cheval dans les piliers, gaule « pour le chasser en avant », éperons en cas de nécessité, c'est-à-dire le moins possible ; que Baucher avait décrété, de manière définitive, comment seul le rassembler permet l'équilibre parfait de l'avant-main et de l'arrière-main ; que Franconi, pour faire « un beau cavalier », ordonnait des leçons sans étriers (« l'étrier court plaît aux commerçants... ») ; que Fillis avait compris, avant tout le monde, la manière de retenir un cheval avant l'obstacle en travaillant à ne jamais le précipiter sur la barre ; et que le capitaine de Saint-Phalle avait calculé, en fonction du poids du cheval, celui de l'avant-main, de l'arrière-main et le rapport de la surcharge de l'avant-main au poids brut...

Dans cette magnifique anthologie, inaccessible aux piétons ordinaires, illisible pour qui ne s'est jamais risqué à effectuer, à cheval, des figures de haute école et n'a jamais connu le *presque indescriptible* bonheur d'y parvenir, Paul Morand néglige les écrivains, fors Montaigne, Corbière et lui-même, avec un extrait de sa chère *Milady*. Cela prouve que si l'académicien se méfiait de ses pairs, il ne se détestait point. Cela témoigne surtout de la seule ambition qu'avait le fier retraité de Vevey, étranger à la patrie des gens de lettres, celle d'appartenir à la phratrie des écuyers, cette Olympe imaginaire où se donne, sans états d'âme, tous jeux d'orgue sortis, la reprise des dieux.

Lonesome cow-boy

À l'entrée de Honfleur, posé comme un orant de carrare au milieu de la pelouse ronde que brûle le soleil de midi, Sylvain m'attend. Il a dix-huit ans et il est assis sur son buste. À côté de lui, jetés dans l'herbe, son sac à dos, ses cannes et ses prothèses. Handicapé de naissance, il a grandi sans jambes, sans peurs et sans complexes. Il a musclé ses bras et il est devenu, dans sa catégorie, champion de natation. Il habite le village prévostien de Goderville au cœur du pays de Caux et, comme chaque été, il a fait du stop jusqu'au pont de Tancarville pour rejoindre, dans les faubourgs de Lisieux, le poney-club de Georges Cotrait. C'est avec lui que Sylvain a découvert, à douze ans, les vertus de l'équitation et, sur la plage ventée de Deauville, l'ivresse d'un sport auquel sa maladie ne le prédisposait guère. Pour ses premiers pas à cheval, il était attaché, tel Mazeppa, à une selle texane. Georges Cotrait l'a ensuite initié à la voltige sur des haflingers avant de lui faire fabriquer, par un bourrelier de Rouen et selon les indications du prothésiste, une selle en cuir sur mesure. Assis dans la poussière, Sylvain sangle lui-même sa monture sur laquelle il se hisse de toute la force de ses biceps de crawleur. Il est devenu un excellent cavalier, participe à des jumpings, des matchs de polo et de horse-ball. Privé de ses premières aides, les jambes, Sylvain a appris à ne monter, dans la position de l'amazone, qu'avec les mains et surtout l'assiette, point cardinal de l'équilibre et cela ajoute encore à l'idéal de légèreté que Baucher préconisait ; d'un handicap, il a fait un avantage. Son assurance voluptueuse est un modèle de cran et de grâce.

C'est une rencontre, parmi toutes celles, surprenantes, exemplaires, que réserve le monde du cheval où, plus que les mots, les gestes font foi ; où le courage n'est pas une figure de style ni ne se réduit à une boutade ; où le corps s'invente en même temps que l'esprit se libère. Je cherche en vain, dans la ville où prospèrent les belles consciences, des êtres de cette trempe, des figures qui sortent de *l'ordinaire*, et son confort.

Combien de temps peut-on d'ailleurs, sans y perdre ses dernières illusions, parfois son âme, sans du moins y laisser sa plume, combien de temps, quand on a la passion de la littérature et la phobie des littérateurs, quand on a le goût de la vie et du risque, la puérile nostalgie de la dépense physique, de l'air acrimonieux des petits matins d'automne à la campagne, combien de temps peut-on résister aux vanités, aux complaisances, au ridicule du monde littéraire, cette société fermée qui rassemble tous ses privilèges sous l'autorité de l'impunité ? Cela fait plus de vingt ans que j'y suis *enfermé* et que je fais profession de juger ce qui se publie avec, toujours, la panique de devenir, selon le mot menaçant de Julien Gracq, « un expert en objets aimés ». Et il conviendrait au reste d'ajouter, à ces vingt années, l'époque lointaine où, préfigurant en pyjama rayé et pantoufles rouges ma future fonction, je passais obligeamment des cacahuètes aux philosophes, sociologues, ethnologues, historiens, romanciers, et autres académiciables triomphants que, à la fin des années soixante, mon père recevait chaque mois dans son salon ovale du boulevard Saint-Germain en vertu d'un rituel auquel le directeur littéraire qu'il n'aimait pas être après 19 heures croyait devoir sacrifier pour, sans doute, justifier l'influence de son ministère et la légitimité de sa réputation.

Ce petit monde l'exaspérait, où il officiait si bien. Lui qui était trop orgueilleux pour écrire des livres de *saison* s'amusait des auteurs dont l'objectif est moins de convaincre que de plaire et le souci, de vendre. C'était sa manière de se supporter ; pour oublier qu'il avait lu, corrigé, calibré des *Que sais-je ?* tout au long de la journée et rédigé, comme on délivre une ordonnance, les prières d'insérer de traités scientifiques, il marchait pendant une heure dans les rues serpentines du Quartier latin puis s'enfermait, à la nuit tombée, dans la correspondance de Voltaire dont il eût rêvé d'être le destinataire et où il cueillait, pour en faire bon usage le lendemain, des idées inciviques et quelques mots méchants.

Il m'a enseigné l'intransigeance et sa vieille dépendance, perdue au fond du parc ronceux où l'on jette les feuilles mortes, les fleurs fanées et les jouets brisés des enfants qui sont partis sans se retourner pour se marier au loin : la solitude. Mais mon père est mort trop jeune, et j'ai été un mauvais élève. Au contraire de lui, j'ai cru qu'il fallait s'exercer à la magnanimité, à la sociabilité, j'ai même travaillé l'indulgence et, pour qu'on me reconnaisse, un bienveillant sourire. Longtemps, j'ai dépensé beaucoup d'énergie pour, comme à l'école, *tenir mon rang.* Avec quelle application j'ai serré ma cravate, annoté au crayon des livres dont la plupart n'avaient pas d'intérêt et laissé se recouvrir de la poussière de l'infidélité, derrière des volets clos, mes vraies œuvres de chevet. Que d'années j'ai consacrées, compatissant, à écouter davantage les angoisses, les arrogances, les exigences des prétendants à la gloire littéraire que les suppliques silencieuses de ceux qui me sont proches et si chers, à m'oublier aussi, m'égarer, m'étouffer, ignorer jusqu'à l'usage de mon corps — comme pour aimer, il faut aussi un corps pour lire. Quand j'y pense, que d'articles inutiles, de combats vains, d'obligations ridicules, de scrupules dérisoires, de charges caritatives, d'affections feintes et d'amitiés intéressées dont je croyais être l'objet mais dont j'étais le dindon.

Et puis le temps a passé. À quelques rares exceptions près, j'ai cessé de fréquenter les écrivains ailleurs que dans leurs livres où, s'ils s'exposent, du moins ne sont-ils pas en représentation. On me fait parfois le récit d'un dîner en ville, d'un cocktail, d'un salon, d'*une foire*, et c'est comme si l'on me décrivait, retour d'un pays étranger, des mœurs que je ne comprends plus, des coutumes qui m'amusaient et maintenant m'indiffèrent. La position équestre donne, en plongée, une vision pathétique de cette comédie démodée. Jamais je n'aurais pensé qu'un jour je serais plus heureux dans le silence d'un box paillé que dans le brouhaha d'une brasserie célèbre, et que je m'accommoderais mieux de la compagnie rugueuse des gens de chevaux que du commerce moelleux des gens de lettres. J'y ai gagné en liberté, perdu aussi mes dernières camaraderies. Car l'on déteste, dans ce milieu, ceux qui déclinent l'invitation, boudent le banquet, renâclent à la fête et refusent les prébendes. Il est vrai que je ne me soucie plus guère d'être aimable, si être aimable, c'est mentir et se mentir (en quoi, sans doute, je deviens vraiment un cavalier), j'écris ce que je pense, je m'éloigne au petit trot de ma jeunesse sociable, j'ai l'âge qu'avait mon père quand, pour stigmatiser l'égoïsme des intellectuels et la suffisance des diaristes, il me récitait par cœur, en riant, des pages de *Paludes*, de Gide : « Ne croyez pas que je sois triste ; je ne suis même pas mélancolique ; je suis Tityre et solitaire et j'aime un paysage ainsi qu'un livre qui ne me distrait pas de ma pensée ; elle est sérieuse, et, même près des autres, morose ; je l'aime plus que tout, et c'est parce que je l'y promène que je cherche surtout les plaines, les étangs sans sourires, les landes. Je l'y promène doucement. »

En somme, le cheval est entré dans ma vie au moment où, sans le savoir, je l'attendais, où tout en moi le guettait, l'espérait. Avant d'être le partenaire d'un jeu savant, il fut un compagnon d'escapade, le complice anonyme et muet d'une fuite décisive. (Chaque fois que je lis un roman d'équitation, du brillant exercice de style à la banale saga, je suis frappé de constater que le héros est toujours en rupture de ban. Cette littérature a fondé un personnage universel de solitaire invétéré. Après avoir perdu ses illusions citadines, civiques et sentimentales, il se réfugie dans une sauvagerie où seul cet animal qui, selon Marc Trillard, « n'est pas originellement corrompu », a la vertu d'apaiser ses tourments, ses regrets et sa difficulté à vivre au milieu de ses contemporains. Cette asociabilité se double d'ailleurs, le héros fût-il dans le plus complet dénuement, d'un fort sentiment aristocratique : le cavalier est un citoyen en disgrâce qui renoue, dans sa tête, avec la chevalerie de jadis.)

J'écris ces lignes alors que le soleil d'automne se couche en chien de fusil sur les champs de Combray. J'ai monté Eaubac une grande partie de la journée, il était tout excité, en promenade, par l'irruption d'un chevreuil, par le vent marin qui, de ses mains de géant, secouait les futaies du Brévedent et, au sortir du bois, par le vol bas d'un épervier. Nous avons encore trouvé — est-ce lui, est-ce moi? — un nouveau sentier, tapissé de feuilles mortes et grasses, dans la côte de Blangy. Je suis rentré par des petites routes sur le macadam desquelles je l'ai travaillé aux deux pistes, pour le plaisir. Et puis je l'ai laissé au box, après lui avoir mis sa chemise et glissé des mots doux à l'oreille, des mots de reconnaissance.

J'aime, le soir venu, le singulier état d'éveil où me met l'épuisement du corps qui s'est assoupli. Sentir, après m'être allégé, le poids soudain des choses, le relief d'une lumière oblique, le faix du bois qu'on jette dans la cheminée, l'attraction d'un violoncelle jouant Bach dans le silence. Et, parmi mes vieux livres retrouvés, cette manière de retraite qui prolonge la haute solitude des randonnées à cheval, des excursions *entre ciel et terre* : ce sont des pèlerinages sans but, sans lieu saint et sans pénitence, où l'on entend pourtant chanter, venues de nulle part, les voix de ceux qu'on a aimés et où l'on voit danser, entre les arbres, les rêves que l'on n'a pas accomplis, sauf celui de galoper, de galoper plus vite que le temps qui passe.

POSTFACE

J'ai donc connu ce bonheur que, si l'on s'est appliqué à la sincérité et risqué à l'impudeur, la littérature réserve parfois : on croit écrire pour soi et des lecteurs attentifs vous assurent que c'était pour eux. On se donne et c'est au centuple qu'on vous le rend. J'ai voulu réveiller l'histoire d'une passion fondée sur un deuil et, aussitôt, j'ai reçu des confessions similaires, des aveux fraternels, de longues lettres où passe, malgré les drames intimes, le même goût de vivre au-dessus de soi, au grand galop.

Aimer les chevaux, préférer leur compagnie à toute autre, s'efforcer sans cesse de contrarier cette inclination exigeante, dévorante, qui, si l'on n'y prend garde, conduit les êtres les plus sociables à la misanthropie et surtout n'en avoir jamais fini d'assouvir cette curiosité que le temps aiguise et que l'expérience fortifie, avoir enfin l'impression que, chez les piétons, personne ne vous comprend, ne mesure la gravité de cet *engagement*, tout cela ajoute à la solitude du cavalier. Elle peut paraître arrogante, elle est en vérité très humble.

Qu'il soit amateur ou professionnel, le cavalier est un sportif mésestimé, un artiste méconnu et un hédoniste méjugé. On lui prête une fortune que, dans la plupart des cas, il n'a pas et n'aura jamais ; on prend pour de l'insolence la seule fierté qui soit digne de ses aspirations, celle, tête haute et croupe basse, dont son cheval rassemblé veut bien, parfois, le gratifier ; on lui reproche son anachronisme — c'est une fidélité aux règles équestres que les académies italiennes ont érigées dès la Renaissance et aux principes philosophiques, esthétiques, éthiques qui en découlent. Il me semble, cinq siècles plus tard, qu'ils valent toujours d'être appliqués.

À la vérité, j'ignorais, en écrivant mon livre, que tant de femmes et d'hommes de tous âges vivaient la même aventure que moi et, dans l'exercice de cette passion, souffraient du même sentiment d'incommunicabilité. Grâce à ces centaines de témoignages, souvent augmentés de photographies intimes ou de croquis d'écuries, me voici dépositaire d'une petite histoire de la France contemporaine oubliée des manuels et des sondages.

Je conserve précieusement ces lettres. Elles éclairent, d'une lumière oblique, un peuple clandestin. Des paysans, dont les charrues rouillent sous les hangars, m'assurent vieillir en douceur avec leurs percherons aux rondeurs de Rubens. Des salariés se flattent d'avoir sacrifié leur carrière et leur confort pour l'amour des équidés, acceptant de vivre pauvres pourvu que ce fût en selle.

Des femmes aux bassins accomplis confessent de troublantes et sensuelles liaisons avec leurs entiers qu'elles retrouvent en semaine, à heures fixes et sous abri — amants pour lesquels ces amazones se font si belles. Des don Juans se flattent de tenir un cahier où ils ont inscrit le nom, le caractère et la morphologie de toutes leurs conquêtes équines. Des anciens de la Cavalerie pleurent leur fringante jeunesse et des veuves d'écuyers de Saumur, les religieux époux qui les ont pourtant négligées pour des *miladies* susceptibles et chatouilleuses. Des adolescents rageurs imaginent, à cru, un monde meilleur. Des parents inquiets m'écrivent avoir enfin compris leurs longues filles brunes, éperdues d'amour pour leurs double-poneys ou leurs anglos aux robes baies. Certains cavaliers n'ont toujours pas fait le deuil du compagnon à quatre jambes qui, autrefois, les avait initiés et conduits à l'extase. D'autres, moins fidèles, affichent, toutes montures confondues, jusqu'à soixante ans d'équitation, tel un écrivain sa bibliographie. Et d'innombrables rescapés de chutes de cheval avouent moins souffrir de leur handicap que d'être condamnés, désormais, à ne plus jamais monter; à être comme privés d'eux-mêmes.

Étrange, mystérieux et fascinant régiment de cavalerie qui, sans chef ni ordre de route, sans uniforme ni gonfalon, avance en musique depuis la nuit des temps, enrôle sur son passage les âmes sensibles, les orphelins, les rebelles, les solitaires, les esthètes, les asociaux, les mal-aimés, les mélancoliques — petite armée des ombres que, à mon insu, j'ai rattrapée au sortir d'une forêt normande, en empruntant, rênes longues, le sentier de la mémoire.

Mais jamais je n'aurais pensé que ce livre, né aussi d'une énigme irrésolue : les conditions de la mort de mon père, me donnerait l'occasion d'écrire cet ultime chapitre, cette imprévisible conclusion.

La chute de cheval avait paru depuis six mois quand je reçus, au cœur de l'été 1998, un mystérieux appel téléphonique. L'homme qui se présenta avait soixante-douze ans. Il vivait dans le Lot d'un élevage d'anglo-arabes. Il avait lu mon récit et, après bien des hésitations — à la peur de réveiller une douleur inapaisée s'ajoutait sans doute la gêne de devoir me révéler un secret qui l'obsédait depuis vingt-cinq ans —, il avait choisi de me parler. « Si je vous avais écrit une lettre, me dit-il, je n'aurais jamais osé l'envoyer. Car, voyez-vous, j'ai bien connu Quinquina... » Au seul énoncé de ce nom, je frémis.

Instructeur au centre hippique de Maurepas dans les années soixante-dix, il montait souvent ce grand et massif trotteur français qu'il était parvenu, après beaucoup de travail, à mettre aux airs d'école. Quinquina avait, selon lui, des vertus insoupçonnées au manège mais des vices rédhibitoires dès qu'il en sortait. D'ailleurs, ajouta-t-il, on l'appelait « le tueur ».

On ne comptait plus, en effet, les cavaliers expérimentés qu'il avait embarqués, les fémurs et les bras qu'il avait fracturés, les lices qu'il avait brisées et même les voitures que, dans son train de cheval fou, il avait sautées sur les routes de la forêt de Rambouillet. Rien, ni personne, ne pouvait arrêter cette masse de sept cents kilos. « À tel point, précisa mon invisible correspondant, que j'étais le seul à pouvoir monter Quinquina en extérieur. Car j'avais trouvé la parade : à l'instant précis où je sentais qu'il allait partir au triple galop, je le plaçais dans le vide. »

Sans appui, sans mors de bride sur lequel s'appuyer, sans gourmette à casser, sans rênes à arracher, le monstre redevenait soudain doux comme un agneau. Ainsi était-il quand on l'a trouvé, mâchouillant de l'herbe tendre à quelques mètres du corps inanimé de mon père. « Le carrefour de la Pinsonnière, où s'est produit l'accident, excitait particulièrement le cheval avec ses longues perspectives et toutes ces allées qui s'offraient à son regard. Chaque fois, avant même d'y arriver et par crainte de l'emballement, je le remettais dans le vide. Mais votre père, lui, ne savait pas... »

Pendant qu'il me parle, je regarde par la fenêtre à petits carreaux nos quatre shetlands gambader et se chamailler dans l'herbage. Un chapeau de paille sur la tête, ma belle Anne-Marie traite ses savants rosiers, on dirait qu'elle verse du thé à la bergamote dans un tableau de Vuillard. Gabriel slalome au milieu des massifs avec le tracteur dans le caisson duquel Jeanne et Clément, hilares, ont pris place. Je les aime, l'été est chaud, la vie tressaute.

À quarante-deux ans, suis-je un père encore jeune ou déjà vieux ?

Appelé à d'autres fonctions, l'instructeur quitta un jour le centre hippique. En guise de précaution d'usage, il laissa aux responsables une note écrite : « Ne confier Quinquina *à personne* en extérieur. » Le samedi 21 avril 1973, il y avait foule à Maurepas. Trop de cavaliers, pas assez de chevaux. Dans le commerce, le succès a toujours raison des principes. Le directeur attribua alors Quinquina à mon père et, au prétexte qu'il était bon cavalier, prit bien soin de ne pas l'avertir des perversions de sa monture, feignant d'oublier la consigne que son ancien et scrupuleux enseignant avait rédigée. Ce dernier, quand il apprit la mort de mon père par les journaux et l'hipponyme du cheval qui l'avait provoquée, s'adressa à la Fédération française d'équitation. Il voulait en découdre. Ce fut en vain. Le patron du centre y siégeait. C'était un notable. Il portait un nom qui sentait sa vieille aristocratie. Je ne m'abaisserai pas à le *donner* ici. Il avait du pouvoir et des manières. Ses aïeux avaient prospéré dans la banque, il jugeait seyant d'y ajouter le chic de l'équitation, quand elle se pratique, en vieux tweed et cuir fauve, aux portes de la capitale. On le respectait.

Qui eût osé accuser ce personnage ronflant de non-assistance à personne en danger ? L'affaire fut aussitôt étouffée. « Mais moi, me dit la voix au bout du téléphone, soudain timide, presque effacée, je n'ai pas oublié et je n'oublierai jamais. » Et il prit sur lui d'ajouter : « Si j'avais encore été instructeur à Maurepas en avril 1973, votre père serait toujours en vie... Je ne mourrai pas sans avoir pu, du moins, vous confier ce lourd secret. »

Que faire de cette confession un quart de siècle après les faits dramatiques qu'elle relate et décompose sous un jour nouveau ? Rien, évidemment. Le directeur du club qui, sans même le mettre en garde, confia « le tueur » à mon père a disparu depuis longtemps ; il a dû être enterré en grandes pompes, au milieu de vestes rouges au col de velours noir et de cors de chasse étincelant sous le soleil ; sans doute a-t-on célébré, sur sa tombe autour de laquelle crissaient des bottes vernies, sa vieille noblesse d'épée et son infaillible morale d'homme de cheval.

Il ne me reste que ce livre, dédié à la mémoire du père que j'aimais, pour rétablir la vérité et en finir avec ce difficile galop arrière dessiné dans la poussière du temps. Je ne savais pas, en rassemblant mes souvenirs, que je menais une enquête. Ce que j'ai appris sur le tard ne change rien à ce que j'ai écrit. Seule apostille au récit de la dernière chevauchée, ce moment indescriptible, mélange d'effroi et peut-être d'abandon, où mon père sent que Quinquina lui échappe, qu'il ne répond plus aux aides de la main et de la jambe. Elles sont tétanisées par ce bloc musculeux de sept quintaux en action. Sa jeune vie défile une dernière fois sous les branches, les sabots claquent méchamment, la vitesse ajoute toujours plus à la vitesse. Il comprend soudain que le combat est perdu d'avance, que le cheval abdiquera seulement après la chute du cavalier qu'il vient de trahir, dont il se moque, et qu'il va tuer.

Toutes ces années consacrées à cultiver l'entente complice et méthodique entre l'écuyer et le cheval se brisent au terme de cet emballement frénétique où l'animal retrouve, avec son état sauvage, son indomptable et insupportable beauté.

Quand il apprit la mort accidentelle de son meilleur ami, le grand écuyer portugais Nuno Oliveira resta de marbre. En silence, habillé comme pour une reprise de gala, il descendit aux écuries, sella le préféré de ses lusitaniens, l'amena jusqu'au manège où vibrait déjà le *Concerto de 1'Empereur* et, pendant une heure, l'œil sec, la main légère, la jambe caressante, dansa avec une grâce aérienne, monta avec une impénétrable dignité. Après quoi, seulement, il s'enferma dans son bureau pour pleurer.

Le destin tisse d'étranges coïncidences. J'ignorais, avant les révélations de l'ancien instructeur de Maurepas, que Quinquina était un trotteur français. Comme Eaubac. Même race, mais deux caractères opposés. Mon cheval peine toujours à briller au dressage — il est vrai que, par défaut, je ne l'y incite guère — alors qu'il développe, en extérieur, des facultés d'endurance, de loyauté et de générosité qui font mon bonheur buissonnier. J'ai calmé ses peurs d'enfant, il s'est civilisé. Je lui fais confiance, il me fait confiance, nous nous faisons confiance. Eaubac me prolonge et m'augmente. Nous triomphons de la même rigidité naturelle, faisons tomber d'inutiles défenses, allégeons nos mémoires trop lourdes. Eaubac est mon double. Comme un jumeau sans voix.

Trois printemps ont passé depuis que j'ai raconté, ici même, mon coup de foudre pour ce jeune cheval. L'idylle persiste. Il vient de *prendre* huit ans. Il a enfin musclé son dos, arrondi ses fesses, équilibré son galop et cessé, comme on se vexe, de s'encapuchonner. Je le sors en concours officiels où, pour se donner du plaisir et me prouver son dévouement, il jette son cœur au-dessus des barres multicolores. Je le connais maintenant sur le bout des doigts qui, par les rênes, ces cordes de stradivarius, mènent à la bouche d'où jaillit la sonate des mors.

Oserai-je confesser que je le connais aussi par le pli durci de l'aine qui épouse, avec une secrète émotion, un inavouable désir et une chaleur très intime, ses érotiques flancs de velours? Des gens dont c'est le métier, on dit qu'ils sont *dans* les chevaux. J'ai plus souvent l'impression d'être dans Eaubac que sur lui, où j'aurais l'impression de lui peser. Désormais, le diable sait tout de moi. Car seul son dos porte, chaque semaine, le poids de choses qu'on ne dit pas et dont, par une manière d'intuition médiumnique, il s'évertue à me libérer. Avoir un cheval à soi, ce n'est pas satisfaire à l'instinct de propriété, c'est au contraire apprendre à se dépouiller de tout ce qui nous encombre.

« Eaubac ! » De loin, j'appelle mon cheval. Je veux voir sa longue tête baie tachée de blanc jaillir de la pénombre pour se dresser, badaude et gourmande, au-dessus de la porte du box. Ses oreilles de radariste se tournent vers ma voix, ses naseaux frémissent et donnent de la buée. Je fais glisser la clenche et entre dans sa chambre paillée.

Chaque fois, il me fait comprendre que, pendant quatre ou cinq jours, j'ai été volage. Dans un premier temps, il me traite en intrus, feint de se détourner, joue de la croupe et boude contre le mur. Je le prends au mot, ne bouge pas. Alors, seulement, il vient vers moi dans un bruissement sec, frotte son chanfrein contre mon vieux blouson, offre sa joue à mes caresses, plonge ses lèvres soyeuses dans ma poche, d'où il retire des carottes achetées le matin sur le marché de Lisieux. Je le panse, l'étrille, lui graisse les pieds, enlève du beau poil d'hiver les petites plaques de terre dont il s'est enduit la veille, en se roulant dans la boue du paddock. Je lustre mon dandy de grand chemin pour l'accompagner en forêt.

Les jours de concours, je l'affuble de protections de transport qui donnent à sa démarche un air de proboscidien et le fais monter dans le camion à bord duquel il rejoindra, entre Cotentin au sud et pays de Caux au nord, un de ces terrains vagues — cela va des carrières de centres équestres aux herbages reconvertis — où se déroulent, selon un protocole immuable, les épreuves de sauts d'obstacles.

Eaubac est tout excité par le défi. Dès la détente, il se prend au jeu. Lui qui, il y a peu, abordait les barres avec une délicatesse de char d'assaut, s'amuse désormais à braver les triples, narguer les spas, tutoyer de massifs oxers, oser même, à l'instant du barrage, des options difficiles. Quand la petite sonnette tintinnabule, signe que nous pouvons nous lancer sur le parcours, le cœur d'Eaubac et le mien battent à l'unisson. À chaque foulée, je lui parle, l'encourage, et lorsqu'il s'envole si haut, si droit, au-dessus de l'obstacle, j'ai la conviction qu'il le fait pour moi. Il me fait don de ses exploits.

La nuit est tombée lorsque mon trotteur rejoint son box. Je l'enlace, embrasse son nez à la peau si tendre, aux ailes de soie. Je vais prendre la route de Paris, quitter mon rêve éveillé, renoncer aux bonnes odeurs de paille et de vieux métal. Je ne connais rien de plus faux que de redevenir un piéton. Un enfermé. Un désincarné. Je n'abandonne Eaubac qu'avec la certitude de le retrouver dans quelques jours. Il n'est pas seulement mon cheval, il est aussi une promesse de félicité, de justice, d'exigence, et l'illusion d'une autre vie, qui trotte sans cesse dans ma tête, que je caresse en vain, incapable de franchir ce gué qui me verrait disparaître de la ville pour plonger dans l'obscurité moussue des forêts où l'on rêve de se perdre et d'être oublié.

« Les chevaux, c'était le paradis, et je ne le savais pas », m'écrit, alors que je rédige cette postface, François Nourissier dans une lettre poignante, toute gorgée de nostalgie, où il répond à mes récits de galops solitaires sur la plage au crépuscule et de concours hippiques organisés dans des prairies laiteuses. Il m'envie, il se regrette.

Si, à Paris, je suis toujours un cavalier sans cheval et souffre d'être un corps superflu, en Normandie, il ne me manque pas d'être un esprit infructueux. J'aime la version intransitive du verbe monter. Il s'agit en effet d'atteindre l'inatteignable. C'est, sur cette terre ingrate d'où l'on tente de s'élever, de s'échapper, le plus beau, le plus accaparant des actes gratuits.

Fauguernon, juillet 1999

HYPOTHÈSE D'HIPPOTHÈQUE

ROMANS

Milady, de Paul Morand, Gallimard, 1936.
Chevaux abandonnés sur le champ de bataille, de Bernard Barbey, Julliard, 1951.
Les cavaliers, de Joseph Kessel, Gallimard, 1967.
À la cravache, de Dick Francis, Gallimard, 1980.
La mort au petit trot, de Dick Francis, Gallimard, 1981.
Chevaux, de Pascal Commère, Denoël, 1987.
En avant, calme et droit, de François Nourissier, Grasset, 1987.
De si jolis chevaux, de Cormac McCarthy, Actes Sud, 1993.
Demi-sang suisse, de Jacques-Étienne Bovard, Bernard Campiche, 1994.
Autobiographie d'un cheval, de John Hawkes, Seuil, 1995.
Tête de cheval, de Marc Trillard, Phébus, 1995.
L'homme qui murmurait à l'oreille des chevaux, de Nicholas Evans, Albin Michel, 1996.
Serko, de Jean-Louis Gouraud, Favre, 1997.
Michel Kohlhaas ou l'honneur du cheval, de Heinrich von Kleist, Favre, 1997.
Le cheval, de Léon Tolstoï, Mercure de France, 1997.
Le loup mongol, de Homéric, Grasset, 1998.

RÉCITS

Ourasi, le roi fainéant, de Homéric, Presses de la Renaissance, 1989.
Œdipe de cheval, de Homéric, Grasset, 1992.
L'aventure de Mazeppa, de Homéric, Calmann-Lévy, 1992.
Le cheval d'Angelo, de Nicole Lombard, Le Bon Albert, 1995.
L'homme qui sait parler aux chevaux, de Monty Roberts, Albin Michel, 1997.
Le grand tournant, de Pascal Commère, Le Temps qu'il fait, 1998.
Étrangers sur l'Aubrac, de Nicole Lombard, Le Bon Albert, 1999.

ANTHOLOGIES

Anthologie de la littérature équestre, de Paul Morand, Olivier Perrin, 1966.
Célébration du cheval, de Jean-Louis Gouraud, Le Cherche Midi, 1995.
Le cheval, de Jean-Pierre Digard et Jean-Louis Gouraud, Omnibus, 1995.
Histoires de chevaux, de Jérôme Leroy, Sortilèges, 1995.

OUVRAGES GÉNÉRAUX

Psychologie du cheval, de Maurice Hontang, Payot, 1954.
Larousse du cheval, de Pierre Rousselet-Blanc, Larousse, 1975.
Penser cheval, de Henry Blake, Zulma, 1977.
La guerre à cheval, du général Marbot, Jacques Grancher, 1978.
L'homme et les animaux domestiques, anthropologie d'une passion, de Jean-Pierre Digard, Fayard, 1990.

Nouvelle encyclopédie du cheval, Maloine, 1992.
Le cheval, force de l'homme, de Jean-Pierre Digard, Gallimard, 1994.
L'Encyclopédie du cheval, de Elwyn Hartley Edwards, Bordas, 1995.
Mécanique équestre et équitation, de Pierre Pradier, Maloine, 1995.
Archives du cheval, de Jacques Borgé et Nicolas Viasnoff, Trinckvel, 1996.
Jappeloup et Milton, de Pierre Durand et John Whitaker, Laffont, 1996.
Le cheval dans la vie quotidienne, de Bernadette Lizet, Jean-Michel Place, 1996.
Champ de blé, champ de courses, de Bernadette Lizet, Jean-Michel Place, 1996.
Cheval cavalier, de Georges Margot, Cheminements/Courrier de l'Ouest, 1996.
Comprendre et influencer la personnalité de son cheval, de Linda Tellington-Jones, Vigot, 1996.
L'Architecture des écuries royales du château de Versailles, de Dominique Massounie, Nathan, 1998.
Le cheval révélé, de Desmond Morris, Calmann-Lévy, 1998.
*Les Écuries royales du XVIe au XVIIe*, de Daniel Roche, Association pour l'Académie d'art équestre de Versailles, 1998.
Le Cadre noir de Saumur, de Patrice Franchet d'Espérey, Arthaud, 1999.

TRAITÉS D'ÉQUITATION

L'équitation, de Michel Henriquet et Alain Prévost, Seuil, 1972.
Le commandant de la cavalerie, de Xénophon, Les Belles Lettres, 1973.
Le cheval dans le bon sens, de René Gogue, Maloine, 1978.
Problèmes équestres, de René Gogue, Maloine, 1978.

De l'équitation, la méthode et ses principes, de Sobène Olstef, Crépin-Leblond, 1978.
Main sans jambes, d'Étienne Beudant, Jean-Michel Place, 1987.
Baucher et son école, du général Decarpentry, Jean-Michel Place, 1987.
Méthode d'équitation basée sur de nouveaux principes, de François Baucher, Jean-Michel Place, deux tomes, 1988 et 1990.
Plaisirs et pratiques de l'équitation, de Isabelle Bernard et Pierre Dormangeat, Arthaud, 1990.
Le guide complet du dressage, de Jennie Loriston-Clarke, Flammarion, 1990.
Le cavalier et l'écuyer, de Victor Franconi, Jean-Michel Place, 1991.
Gymnase et dressage, de Michel Henriquet et Catherine Durand, Maloine, 1991.
Questions équestres, du général L'Hotte, Jean-Michel Place, 1991.
L'art équestre, de Nuno Oliveira, Crepin-Leblond, 1991.
Principes de dressage et d'équitation, de James Fillis, Jean-Michel Place, 1993.
Le langage équestre, de Jules Pellier, Jean-Michel Place, 1993.
Traité d'équitation, d'Antoine Cartier d'Aure, Jean-Michel Place, 1996.
À la française, pages choisies de La Guérinière, Jean-Michel Place, 1996.
La méthode Gentili, une approche éthologique du cheval, de Bino Jacopo Gentili et Maria Franchini, Zulma, 1997.
L'équitation pratique, de J. Pellier fils, Favre, 1997.
L'art de soigner et d'entraîner les chevaux, de Kikkuli, Favre, 1998.

POÉSIE

Zingaro, suite équestre, de André Velter, Gallimard, 1998.

DU MÊME AUTEUR

Récits

LA CHUTE DE CHEVAL, Gallimard, 1998 (prix Roger-Nimier) (Folio nº 3335).

BARBARA, CLAIRE DE NUIT, La Martinière, 1999.

Essais

POUR JEAN PRÉVOST, Gallimard, 1994 (prix Médicis Essai ; Grand prix de l'Essai de la Société des Gens de Lettres) (Folio nº 3257).

LITTÉRATURE VAGABONDE, Flammarion, 1995 (Pocket nº 10533).

Dialogues

ENTRETIENS AVEC JACQUES CHESSEX, La Différence, 1979.

SI J'OSE DIRE, ENTRETIENS AVEC PASCAL LAINÉ, Mercure de France, 1982.

L'ÉCOLE BUISSONNIÈRE, ENTRETIENS AVEC ANDRÉ DHÔTEL, Pierre Horay, 1983.

DE MONTMARTRE À MONTPARNASSE, ENTRETIENS AVEC GEORGES CHARENSOL, François Bourin, 1990.

En collaboration

DICTIONNAIRE DE LA LITTÉRATURE FRANÇAISE CONTEMPORAINE, François Bourin, 1988.

Nouvelle édition augmentée : PAR EUX-MÊMES, Flammarion, 2000.

COLLECTION FOLIO

Dernières parutions

3132.	Joseph Conrad	*La flèche d'or.*
3133.	Philippe Sollers	*Vision à New York.*
3134.	Daniel Pennac	*Des chrétiens et des Maures.*
3135.	Philippe Djian	*Criminels.*
3136.	Benoît Duteurtre	*Gaieté parisienne.*
3137.	Jean-Christophe Rufin	*L'Abyssin.*
3138.	Peter Handke	*Essai sur la fatigue. Essai sur le juke-box. Essai sur la journée réussie.*
3139.	Naguib Mahfouz	*Vienne la nuit.*
3140.	Milan Kundera	*Jacques et son maître, hommage à Denis Diderot en trois actes.*
3141.	Henry James	*Les ailes de la colombe.*
3142.	Dumas	*Le Comte de Monte-Cristo I.*
3143.	Dumas	*Le Comte de Monte-Cristo II.*
3144.		*Les Quatre Évangiles.*
3145.	Gogol	*Nouvelles de Pétersbourg.*
3146.	Roberto Benigni et Vicenzo Cerami	*La vie est belle.*
3147.	Joseph Conrad	*Le Frère-de-la-Côte.*
3148.	Louis de Bernières	*La mandoline du capitaine Corelli.*
3149.	Guy Debord	*"Cette mauvaise réputation..."*
3150.	Isadora Duncan	*Ma vie.*
3151.	Hervé Jaouen	*L'adieu aux îles.*
3152.	Paul Morand	*Flèche d'Orient.*
3153.	Jean Rolin	*L'organisation.*
3154.	Annie Ernaux	*La honte.*
3155.	Annie Ernaux	*«Je ne suis pas sortie de ma nuit».*
3156.	Jean d'Ormesson	*Casimir mène la grande vie.*
3157.	Antoine de Saint-Exupéry	*Carnets.*
3158.	Bernhard Schlink	*Le liseur.*

3159. Serge Brussolo	*Les ombres du jardin.*
3161. Philippe Meyer	*Le progrès fait rage. Chroniques 1.*
3162. Philippe Meyer	*Le futur ne manque pas d'avenir. Chroniques 2.*
3163. Philippe Meyer	*Du futur faisons table rase Chroniques 3.*
3164. Ana Novac	*Les beaux jours de ma jeunesse.*
3165. Philippe Soupault	*Profils perdus.*
3166. Philippe Delerm	*Autumn.*
3167. Hugo Pratt	*Cour des mystères.*
3168. Philippe Sollers	*Studio.*
3169. Simone de Beauvoir	*Lettres à Nelson Algren. Un amour transatlantique. 1947-1964.*
3170. Elisabeth Burgos	*Moi, Rigoberta Menchú.*
3171. Collectif	*Une enfance algérienne.*
3172. Peter Handke	*Mon année dans la baie de Personne.*
3173. Marie Nimier	*Celui qui court derrière l'oiseau.*
3175. Jacques Tournier	*La maison déserte.*
3176. Roland Dubillard	*Les nouveaux diablogues.*
3177. Roland Dubillard	*Les diablogues et autres inventions à deux voix.*
3178. Luc Lang	*Voyage sur la ligne d'horizon.*
3179. Tonino Benacquista	*Saga.*
3180. Philippe Delerm	*La première gorgée de bière et autres plaisirs minuscules.*
3181. Patrick Modiano	*Dora Bruder.*
3182. Ray Bradbury	*... mais à part ça tout va très bien.*
3184. Patrick Chamoiseau	*L'esclave vieil homme et le molosse.*
3185. Carlos Fuentes	*Diane ou La chasseresse solitaire.*
3186. Régis Jauffret	*Histoire d'amour.*
3187. Pierre Mac Orlan	*Le carrefour des Trois Couteaux.*
3188. Maurice Rheims	*Une mémoire vagabonde.*
3189. Danièle Sallenave	*Viol.*
3190. Charles Dickens	*Les Grandes Espérances.*
3191. Alain Finkielkraut	*Le mécontemporain.*

3192. J.M.G. Le Clézio	*Poisson d'or.*
3193. Bernard Simonay	*La première pyramide, I : La jeunesse de Djoser.*
3194. Bernard Simonay	*La première pyramide, II : La cité sacrée d'Imhotep.*
3195. Pierre Autin-Grenier	*Toute une vie bien ratée.*
3196. Jean-Michel Barrault	*Magellan : la terre est ronde.*
3197.. Romain Gary	*Tulipe.*
3198.. Michèle Gazier	*Sorcières ordinaires.*
3199. Richard Millet	*L'amour des trois sœurs Piale.*
3200. Antoine de Saint-Exupéry	*Le petit prince.*
3201. Jules Verne	*En Magellanie.*
3202. Jules Verne	*Le secret de Wilhelm Storitz.*
3203. Jules Verne	*Le volcan d'or.*
3204. Anonyme	*Le charroi de Nîmes.*
3205. Didier Daeninckx	*Hors limites.*
3206. Alexandre Jardin	*Le Zubial.*
3207. Pascal Jardin	*Le Nain Jaune.*
3208. Patrick McGrath	*L'asile.*
3209. Blaise Cendrars	*Trop c'est trop.*
3210. Jean-Baptiste Evette	*Jordan Fantosme.*
3211. Joyce Carol Oates	*Au commencement était la vie.*
3212. Joyce Carol Oates	*Un amour noir.*
3213. Jean-Yves Tadié	*Marcel Proust I.*
3214. Jean-Yves Tadié	*Marcel Proust II.*
3215. Réjean Ducharme	*L'océantume.*
3216. Thomas Bernhard	*Extinction.*
3217. Balzac	*Eugénie Grandet.*
3218. Zola	*Au Bonheur des Dames.*
3219. Charles Baudelaire	*Les Fleurs du Mal.*
3220. Corneille	*Le Cid.*
3221. Anonyme	*Le Roman de Renart.*
3222. Anonyme	*Fabliaux.*
3223. Hugo	*Les Misérables I.*
3224. Hugo	*Les Misérables II.*
3225. Anonyme	*Tristan et Iseut.*
3226. Balzac	*Le Père Goriot.*
3227. Maupassant	*Bel-Ami.*
3228. Molière	*Le Tartuffe.*
3229. Molière	*Dom Juan.*
3230. Molière	*Les Femmes savantes*

3231. Molière — *Les Fourberies de Scapin.*
3232. Molière — *Le Médecin malgré lui.*
3233. Molière — *Le Bourgeois gentilhomme.*
3234. Molière — *L'Avare.*
3235. Homère — *Odyssée.*
3236. Racine — *Andromaque.*
3237. La Fontaine — *Fables choisies.*
3238. Perrault — *Contes.*
3239. Daudet — *Lettres de mon moulin.*
3240. Mérimée — *La Vénus d'Ille.*
3241. Maupassant — *Contes de la Bécasse.*
3242. Maupassant — *Le Horla.*
3243. Voltaire — *Candide ou l'Optimisme.*
3244. Voltaire — *Zadig ou la Destinée.*
3245. Flaubert — *Trois Contes.*
3246. Rostand — *Cyrano de Bergerac.*
3247. Maupassant — *La Main gauche.*
3248. Rimbaud — *Poésies.*
3249. Beaumarchais — *Le Mariage de Figaro.*
3250. Maupassant — *Pierre et Jean.*
3251. Maupassant — *Une vie.*
3252. Flaubert — *Bouvart et Pécuchet.*
3253. Jean-Philippe Arrou-Vignod — *L'Homme du cinquième jour.*
3254. Christian Bobin — *La femme à venir.*
3255. Michel Braudeau — *Pérou.*
3256. Joseph Conrad — *Un paria des îles.*
3257. Jerôme Garcin — *Pour Jean Prévost.*
3258. Naguib Mahfouz — *La quête.*
3259. Ian McEwan — *Sous les draps et autres nouvelles.*
3260. Philippe Meyer — *Paris la Grande.*
3261. Patrick Mosconi — *Le chant de la mort.*
3262. Dominique Noguez — *Amour noir.*
3263. Olivier Todd — *Albert Camus, une vie.*
3264. Marc Weitzmann — *Chaos.*
3265. Anonyme — *Aucassin et Nicolette.*
3266. Tchekhov — *La dame au petit chien et autres nouvelles.*
3267. Hector Bianciotti — *Le pas si lent de l'amour.*
3268 Pierre Assouline — *Le dernier des Camondo.*

3269. Raphaël Confiant	*Le meurtre du Samedi-Gloria.*
3270. Joseph Conrad	*La Folie Almayer.*
3271. Catherine Cusset	*Jouir.*
3272. Marie Darrieussecq	*Naissance des fantômes.*
3273. Romain Gary	*Europa.*
3274. Paula Jacques	*Les femmes avec leur amour.*
3275. Iris Murdoch	*Le chevalier vert.*
3276. Rachid O.	*L'enfant ébloui.*
3277. Daniel Pennac	*Messieurs les enfants.*
3278. John Edgar Wideman	*Suis-je le gardien de mon frère ?*
3279. François Weyergans	*Le pitre.*
3280. Pierre Loti	*Le Roman d'un enfant* suivi de *Prime jeunesse.*
3281. Ovide	*Lettres d'amour.*
3282. Anonyme	*La Farce de Maître Pathelin.*
3283. François-Marie Banier	*Sur un air de fête.*
3284. Jemia et J.M.G. Le Clézio	*Gens des nuages.*
3285. Julian Barnes	*Outre-Manche.*
3286. Saul Bellow	*Une affinité véritable.*
3287. Emmanuèle Bernheim	*Vendredi soir.*
3288. Daniel Boulanger	*Le retable Wasserfall.*
3289. Bernard Comment	*L'ombre de mémoire.*
3290. Didier Daeninckx	*Cannibale.*
3291. Orhan Pamuk	*Le château blanc.*
3292. Pascal Quignard	*Vie secrète.*
3293. Dominique Rolin	*La Rénovation.*
3294. Nathalie Sarraute.	*Ouvrez.*
3295. Daniel Zimmermann	*Le dixième cercle.*
3296. Zola	*Rome.*
3297. Maupassant	*Boule de suif.*
3298. Balzac	*Le Colonel Chabert.*
3300. Molière	*Le Malade imaginaire.*
3301. Sand	*La Mare au diable.*
3302. Zola	*La Curée.*
3303. Zola	*L'Assommoir.*
3304. Zola	*Germinal.*
3305. Sempé	*Raoul Taburin.*
3306. Sempé	*Les musiciens.*

Composé et achevé d'imprimer
par la Société Nouvelle Firmin-Didot
à Mesnil-sur-l'Estrée, le 11 février 2000.
Dépôt légal : février 2000.
Numéro d'imprimeur : 48615.
ISBN 2-07-041231-8/Imprimé en France.